Diogenes Taschenbuch 23598

de
te
be

Paulo Coelho

Unterwegs

Der Wanderer

Gesammelte Geschichten

Ausgewählt von
Anna von Planta
Aus dem Brasilianischen von
Maralde Meyer-Minnemann

Diogenes

Die hier versammelten Geschichten
erschienen 2004 in der Reihe ›Diogenes Bibliothek‹
und sind eine Auswahl der von Paulo Coelho
unter dem Titel ›Maktub‹ seit 1994
in den größten brasilianischen Tageszeitungen
(›Folha de São Paolo‹, ›O Dia‹,
›Jornal da Bahia‹, ›Tribuna de Vitoria‹)
publizierten Kolumnen, die 1998 und 1999
unter den Titeln ›Der Wanderer‹ und
›Unterwegs‹ erstmals in deutscher Übersetzung
im Diogenes Verlag publiziert wurden

Paulo Coelho: www.paulocoelho.com
Umschlagfoto (Ausschnitt):
Bildagentur Baumann

Veröffentlicht als Diogenes Taschenbuch, 2007

www.diogenes.ch
60/10/8/2
ISBN 978 3 257 23598 2

Ich preise Dich, Vater, Herr des Himmels und der Erde, daß Du solches den Weisen und Klugen verborgen und es den Unmündigen geoffenbart hast.

Lukas, 10:21

Für Nha Chica,
Patrícia Casé, Edinho und
Alcino Leite Neto

Inhalt

Unterwegs

Wo wohnt Gott? 15
Der Vogelschwarm oder Von der Vorstellungskraft 16
Reichtum und Reichtümer 17
Vom Glauben 18
Von der Hektik und der langsamen Seele 20
Vom Innehalten 21
Sanfte Kraft 23
Großzügigkeit mit sich selbst 24
Von Angst, Feigheit und Leichtsinn 25
Schmerzen und ihre Gründe 26
Mutig drauflosleben oder Obsessive Sinnsuche 28
Jorge Luís Borges oder Die Sprache jenseits der Worte 29
Die heilige Stunde der Dämmerung 30
Bilanz 31
Der Versucher 32
Aus sich selbst herausgehen 33
Lieben und geliebt werden 34
Narben 35
Die gute Tat 36
Das brennende Haus oder Notwendige Veränderungen 38

Der peruanische Galgen oder Freiheit und Gerechtigkeit 39
Glück 41
Die Gebeine des Königs 42
Der Held 43
Fluch und Gnade der Erinnerung 44
Vom Umgang mit Schwierigkeiten 45
Die letzte Perle 46
Das würdige Geschenk 48
Selbstherrlichkeit 49
Von der Schönheit 50
Von der Einsamkeit 51
Vom Schreiben 52
Der Mercedesfahrer oder Vorschnelle Schlüsse 53
Die Macht der Worte 54
Der Mut zum eigenen Weg 55
Routine und Ritual 56
Vom Gleichgewicht 57
Das Friedensangebot 58
Gerechtigkeit 59
Glauben und Gebet 61

Der Wanderer

Niederlagen und Erfahrungen 65
Vom Umgang mit Versuchungen 66
Entscheiden und mit den Konsequenzen leben 67
Eigenverantwortung 68
Macht Glauben unfrei? 70
Von müßigen Gedanken 71
Kein Feuer ohne Rauch oder Vom Wert der Eigenerfahrung 72
Das Tor durch die Unmöglichkeit 73
Der erste Schritt auf dem spirituellen Weg 74
Vom Daumenlutschen und von anderen Lastern 75
Das Ende der Angst 76
Vom Christus- und vom Zirkuskind 77
Überrasche dich selbst! 79
Aus der Reihe tanzen 80
Von mutigen Schritten oder Von ganzen und halben Sachen 82
Die Segnungen des Tages 84
Macht Glück angst? 85
Die Kerze 86
Vom Sprung ins kalte Wasser 87
Gibt es Gott? 88
Aus sich selbst heraustreten 89
Weinen wie ein Kind 90
Der richtige Moment 91
Neu anfangen 92
Unbeirrt seinen Weg gehen 93
Der verlorene Sohn oder Von glückhaften Umwegen 94

Der Elefant oder Die dünnen Fesseln der Gewohnheit 96
Führe mich in Versuchung! 98
Leben ist Begeisterung 99
Play it again! 100
Spirituelle Suche und Problemflucht 101
Angst 103
Eva und die Eifersucht 104
Disziplin 105
Kreuzwege 107
Im Namen der Wahrheit 108
Die drei Bananen 109
Das Radrennen 110
Sterben lernen 111
Vom Umgang mit Fehlern 112
Die Botin des Lichts oder Vom Selbstvertrauen 114
Diogenes, Aristipp und das Linsengericht 115
Der beste Schwertkämpfer 116
Gott gibt es zweimal 117
Unser Lebenswerk 118
Liebe 119
Die drei aztekischen Priester 120
Wie soll ich handeln? 121
Wozu leben? 122
Das Lotterielos 123
Der Trinker 124
Die Burg der Mittelmäßigkeit 125
Die drei Orangen 126
Die böse Fee 127
Der nächste Schritt auf dem spirituellen Weg 129

Die blaue Feder 131
Gott ist ein Künstler 132
Gottvertrauen 133
Die großen und die kleinen Wunder 134

Unterwegs

Wo wohnt Gott?

Zwischen Frankreich und Spanien liegt ein Gebirge. Auf einem der Berge liegt ein Dorf namens Argelès. Von diesem Dorf führt ein abschüssiger Weg ins Tal.

Jeden Nachmittag steigt ein alter Mann diesen Weg hinauf. Als der Wanderer das erste Mal nach Argelès kam, nahm er nichts Besonderes wahr. Beim zweiten Mal sah er einen Mann, dem er nun immer wieder begegnete. Und jedesmal, wenn er wieder in dieses Dorf kam, bemerkte er weitere Einzelheiten – die Kleidung, die Baskenmütze, den Stock, die Brille. Wenn er heute an das Dorf denkt, denkt er unwillkürlich auch an den alten Mann.

Ein einziges Mal nur hat der Wanderer mit ihm gesprochen. Scherzend fragte er ihn:

»Ob Gott wohl in diesen herrlichen Bergen um uns herum lebt?«

»Gott«, antwortete der alte Mann, »lebt überall dort, wo man ihn hereinläßt.«

Der Vogelschwarm oder Von der Vorstellungskraft

Der Meister sagt:

»Schließ deine Augen. Oder laß sie ruhig offen und stell dir einen Schwarm fliegender Vögel vor. Und nun sag mir, wie viele Vögel du siehst: Fünf? Elf? Sechzehn?

Wie auch immer die Antwort ausfällt, niemand wird genau sagen können, wie viele Vögel er gesehen hat. Eines macht dieses kleine Experiment jedoch deutlich. Du kannst dir einen Schwarm Vögel vorstellen, doch wie viele Vögel du siehst, entzieht sich deiner Kontrolle, obwohl das Bild klar, deutlich und genau war. Eine andere Frage wird dir die Antwort geben:

Wer hat bestimmt, wie viele Vögel in dem von dir vorgestellten Bild auftauchen sollen? Du jedenfalls nicht.«

Reichtum und Reichtümer

Ein betagter Eremit wurde einst eingeladen, am Hofe eines der mächtigsten Könige seiner Zeit zu erscheinen.

»Ich beneide dich heiligen Mann, der du dich mit so wenig zufriedengibst«, sagte der König.

»Ich beneide Eure Majestät, die sich mit noch weniger zufriedengibt als ich«, antwortete der Eremit.

»Was willst du damit sagen? Dieses ganze Land gehört mir«, sagte der König gekränkt.

»Genau«, sagte der alte Eremit. »Ich habe die Musik der Sphären, ich habe die Flüsse und die Berge der ganzen Welt. Ich habe den Mond und die Sonne, weil ich Gott in meiner Seele trage. Eure Majestät hingegen hat nur Ihr Königreich.«

Vom Glauben

»Laßt uns zum Berg ziehen, auf dem Gott wohnt«, meinte ein Ritter zu seinem Gefährten. »Ich möchte beweisen, daß er immer nur fordert und uns nichts von unserer Bürde, die wir tragen müssen, abnimmt.«

»Und ich steige hinauf zum Zeichen meiner Gläubigkeit«, sagte der andere.

Sie kamen nachts auf dem Gipfel des Berges an und hörten eine Stimme in der Dunkelheit:

»Beladet eure Pferde mit den Steinen dort auf dem Boden!«

»Siehst du«, sagte der erste Ritter. »Nach dem langen Aufstieg will er uns noch mehr aufbürden. Ich denke nicht daran zu gehorchen!«

Der andere Ritter tat, wie ihn die Stimme geheißen hatte. Als sie den Berg herabgestiegen waren, tagte es, und die ersten Sonnenstrahlen beschienen die Steine, die der fromme Ritter mitgebracht hatte: Es waren Diamanten von höchster Reinheit.

Der Meister sagt:

»Gottes Ratschlüsse sind wundersam; doch sie sind nie zu unserem Nachteil.«

Von der Hektik und der langsamen Seele

Ein weißer Afrikaforscher konnte es nicht erwarten, endlich ins Landesinnere vorzustoßen. Um früher an sein Ziel zu gelangen, zahlte er seinen Trägern ein zusätzliches Gehalt, damit sie schneller gingen, und über mehrere Tage lang legten die Träger ein schnelleres Tempo vor. Eines Abends jedoch setzten sich alle auf den Boden, legten ihre Bündel ab und weigerten sich weiterzugehen. Soviel Geld er ihnen auch anbot, die Träger rührten sich nicht von der Stelle. Als der Forscher sie schließlich nach dem Grund ihres Verhaltens fragte, erhielt er folgende Antwort:

»Wir sind so schnell gegangen, daß wir nicht mehr recht wissen, was wir tun. Darum warten wir, bis unsere Seele uns eingeholt hat.«

Vom Innehalten

Der Wissenschaftler Roger Penrose ging mit ein paar Freunden den Gehweg entlang. Sie unterbrachen ihr angeregtes Gespräch nur kurz, um die Straße zu überqueren.

»Also – als wir die Straße überquerten, ist mir etwas Unglaubliches eingefallen«, sagte Penrose, als sie auf der anderen Straßenseite weitergingen. »Aber jetzt haben wir weitergeredet, und es ist mir völlig entfallen.«

Gegen Abend verfiel Penrose plötzlich in eine Hochstimmung, die er sich nicht erklären konnte.

»Ich hatte das Gefühl, daß mir etwas Wichtiges enthüllt worden war«, sagte er. Und er beschloß, den ganzen Tag noch einmal durchzugehen, Minute für Minute, und als er sich an den Augenblick erinnerte, an dem er die Straße überquerte, kam der Gedanke wieder zurück. Diesmal schrieb er ihn nieder. Es war die Theorie der Schwarzen Löcher, eine wahre Revolution in der modernen Physik.

Und Penrose konnte sich an den Gedanken deshalb wieder erinnern, weil ihm einfiel, daß wir wie immer schweigend die Straße überquert hatten.

Sanfte Kraft

Das Kloster an den Ufern des Rio Piedra liegt in einer üppigen Landschaft, einer wahren Oase inmitten der kargen Felder dieses Teils von Nordspanien. Hier wird der kleine Fluß zu einer wasserreichen Strömung und teilt sich in unzählige Wasserfälle.

Der Wanderer streift durch diesen Ort, lauscht dem Rauschen des Wassers. Da entdeckt er hinter einem der Wasserfälle plötzlich eine Grotte. Er sieht den blankpolierten Stein, die schönen Formen, die die Natur geduldig geschaffen hat. Und er entdeckt auf einer Tafel die Verse von Tagore:

»Nicht der Hammer hat diesen Steinen ihre vollendete Form gegeben, sondern das Wasser mit seiner Sanftheit, seinem Tanz und seinem Gesang.

Sanftheit gestaltet, während Härte nur zerstört.«

Großzügigkeit mit sich selbst

Der Pianist Arthur Rubinstein kam einmal in einem Luxusrestaurant in New York zu spät zu einem Mittagessen mit Freunden. Diese begannen sich Sorgen zu machen. Doch dann erschien Rubinstein schließlich mit einer aufregenden Blondine, die ein Drittel so alt war wie er. Obwohl er für seine Knauserigkeit bekannt war, bestellte er die teuersten Gerichte, die seltensten und erlesensten Weine. Am Ende bezahlte er lächelnd die Rechnung.

»Ihr wundert euch sicher«, sagte Rubinstein zu seinen Freunden, »aber heute war ich beim Anwalt, um mein Testament zu machen. Ein Großteil meines Besitzes geht an meine Tochter, an meine Verwandten, ich habe Wohlfahrtsorganisationen großzügige Schenkungen gemacht. Doch dann merkte ich, daß ich in meinem Testament leer ausging: Alles bekamen die anderen! Da habe ich beschlossen, großzügiger mit mir selbst zu sein.«

Von Angst, Feigheit und Leichtsinn

Der junge Napoleon zitterte während der heftigen Bombardierung von Toulon wie Espenlaub. Ein Soldat, der das sah, meinte zu seinen Kameraden: »Seht ihn euch an, der stirbt vor Angst!«

»Ja«, sagte Napoleon. »Aber ich kämpfe noch. Wenn du ebenso große Angst hättest wie ich, wärst du schon längst geflohen.«

Der Meister sagt:

»Angst ist kein Zeichen von Feigheit. Sie ermöglicht uns, Situationen in unserem Leben tapfer und würdig zu meistern. Tapfer ist, wer Angst hat und dennoch voranschreitet, ohne sich einschüchtern zu lassen. Leichtsinnig dagegen ist, wer sich in gefährliche Situationen begibt, ohne die Gefahr zu erkennen.«

Schmerzen und ihre Gründe

Ein mächtiger, von Rückenschmerzen geplagter Herrscher rief einen heiligen Pater zu sich, von dem es hieß, er besitze heilende Kräfte, damit er ihm helfe.

»Gott wird Euch helfen«, sagte der heilige Pater. »Doch zuvor wollen wir versuchen, den Grund dieser Schmerzen zu verstehen. Die Beichte hilft dem Menschen, seinen Problemen ins Angesicht zu sehen.«

Und der Priester begann, den König über sein Leben auszufragen, angefangen damit, wie er mit seinen Nächsten umging, bis hin zu den Sorgen seines Reiches wollte er alles wissen.

Der König, den es verdroß, über seine Probleme nachzudenken, wandte sich an den heiligen Mann:

»Ich möchte darüber nicht sprechen. Bringt mir jemanden, der mich heilt, ohne Fragen zu stellen.«

Der Pater ging und kam eine halbe Stunde später mit einem anderen Mann zurück.

»Hier habt Ihr, was Ihr braucht«, sagte er. »Mein Freund ist Tierarzt. Er redet nicht mit seinen Patienten.«

Mutig drauflosleben oder Obsessive Sinnsuche

In einer Bar tief im Innern Spaniens in der Nähe der Stadt Olite hat der Besitzer ein Schild angebracht, das er selbst geschrieben hat.

›Als ich alle Antworten gefunden hatte, stellten sich alle Fragen anders.‹

Der Meister sagt:

»Ständig sind wir damit beschäftigt, Antworten auf Fragen zu finden, und glauben, daß Antworten wichtig sind, um den Sinn des Lebens zu verstehen.

Doch es ist wichtiger, sein Leben intensiv zu leben und es der Zeit zu überlassen, uns die Geheimnisse unserer Existenz zu enthüllen. Wenn wir zu sehr damit beschäftigt sind, den Sinn zu suchen, hindern wir die Natur daran zu handeln und werden unfähig, Gottes Zeichen zu lesen.«

Jorge Luís Borges oder Die Sprache jenseits der Worte

Der Journalist Walter Carelli machte ein Interview mit dem argentinischen Schriftsteller Jorge Luís Borges. Im Anschluß daran saßen sie noch ein wenig zusammen und sprachen über die Sprache, die es jenseits der Worte gibt, und über die ungeheure Fähigkeit des Menschen, seinen Nächsten zu verstehen.

»Ich will Ihnen ein Beispiel geben«, sagte Borges.

Und er begann etwas in einer seltsamen Sprache aufzusagen. Am Ende fragte er den Journalisten, ob er wisse, worum es sich gehandelt habe.

Noch bevor Walter Carelli antworten konnte, sagte der Fotograf, der ihn begleitete:

»Das war das Vaterunser.«

»Genau«, sagte Borges. »Ich habe es auf Finnisch gebetet.«

Die heilige Stunde der Dämmerung

Jeder Tag hat einen Augenblick, in dem es schwerfällt, klar und deutlich zu sehen: die Dämmerung. Licht und Dunkelheit vermischen sich, und nichts ist vollkommen hell oder vollkommen dunkel. In den meisten spirituellen Traditionen ist dieser Augenblick heilig.

Die katholische Tradition lehrt uns, daß wir um sechs Uhr nachmittags ein Ave Maria beten sollen. Der Kechua-Tradition zufolge müssen wir einen Freund, den wir nachmittags getroffen und begrüßt haben, noch einmal begrüßen, wenn wir bei Anbruch der Dämmerung noch mit ihm zusammen sind, und ihm einen guten Abend wünschen.

In der Dämmerung wird das Gleichgewicht zwischen Erde und Mensch auf die Probe gestellt. Gott vermischt Schatten und Licht, um zu sehen, ob die Erde den Mut hat, sich weiter zu drehen.

Erschrickt die Erde nicht vor der Dunkelheit, vergeht die Nacht – und am nächsten Tag scheint erneut die Sonne.

Bilanz

Am Heiligen Abend zogen der Wanderer und seine Frau Bilanz des zur Neige gehenden Jahres. Während des Abendessens in einem Restaurant in einem Pyrenäendorf beklagte sich der Wanderer über etwas, das nicht so gelaufen war, wie er es sich vorgestellt hatte.

Die Frau starrte auf den Weihnachtsbaum, der das Restaurant schmückte. Der Wanderer glaubte, sie sei nicht länger an diesem Gespräch interessiert, und wechselte das Thema:

»Wie schön die Lichter dieses Baumes sind«, sagte er.

»Das stimmt«, antwortete die Frau. »Doch wenn du genau hinsiehst, dann wirst du unter den Dutzenden von Lämpchen eines entdecken, das durchgebrannt ist. Mir scheint, daß du, anstatt das Jahr als eine Reihe von Segnungen zu sehen, die es haben leuchten lassen, nur auf das einzige Lämpchen starrst, das nichts zum Leuchten gebracht hat.«

Der Versucher

»Siehst du den demütigen heiligen Mann, der dort die Straße entlanggeht?« sagte ein Dämon zum anderen. »Ich werde zu ihm hingehen und seine Seele erobern.«

»Er wird dir nicht zuhören, denn er beschäftigt sich nur mit heiligen Dingen«, entgegnete sein Gefährte.

Doch der Dämon nahm, listig wie immer, die Gestalt des Erzengels Gabriel an und erschien dem Mann.

»Ich bin gekommen, um dir zu helfen«, sagte er.

»Ihr müßt mich mit jemandem verwechseln«, antwortete der demütige heilige Mann. »Ich habe in meinem Leben nichts getan, was mich der Vision eines Engels würdig gemacht hätte.«

Und er setzte seinen Weg fort, ohne zu wissen, wem er entgangen war.

Aus sich selbst herausgehen

Es ist einfach, unnahbar zu sein. Man braucht sich nur von den anderen Menschen fernzuhalten und wird so niemals leiden. Wir ersparen uns so die Risiken, die Enttäuschungen, den Traum von einer Liebe, der sich nicht erfüllt.

Es ist einfach, unnahbar zu sein. Wir brauchen uns nicht um die Telefonate zu kümmern, die mit Menschen gemacht werden müssen, die unsere Hilfe, unsere Unterstützung brauchen.

Es ist einfach, unnahbar zu sein. Wir brauchen nur so zu tun, als lebten wir in einem Elfenbeinturm, und wir werden nie eine Träne vergießen. Wir brauchen nur bis zum Ende unseres Lebens eine Rolle zu spielen.

Es ist einfach, schwer zugänglich zu sein. Man braucht nur das Beste am Leben aufzugeben.

Lieben und geliebt werden

Der Meister sagt:

»Häufig ist es einfacher zu lieben als geliebt zu werden. Wir haben Mühe, von anderen Hilfe und Unterstützung anzunehmen. Daß wir unsere Unabhängigkeit immer so herausstellen, hält die anderen davon ab, uns ihre Liebe zu zeigen.

Viele Eltern wollen im Alter die Unterstützung und liebevolle Fürsorge von ihren Kindern nicht annehmen, wie sie sie ihnen gegeben haben, als sie klein waren. Viele Ehemänner (oder Ehefrauen) schämen sich, wenn ein Schicksalsschlag sie trifft und vom anderen abhängig macht. Die Wasser der Liebe teilen sich deswegen beileibe nicht.

Wir müssen die Gesten der Liebe unseres Nächsten annehmen. Wir müssen zulassen, daß uns jemand hilft, uns unterstützt, uns Kraft zum Weitermachen gibt. Wenn wir diese Liebe reinen Herzens und demütig annehmen, werden wir begreifen, daß Liebe nicht Geben oder Nehmen, sondern Teilnahme bedeutet.«

Narben

Der Meister sagt:

»Wenn wir uns zum Handeln entschließen, müssen wir mit unerwarteten Konflikten rechnen. Natürlich werden uns im Laufe dieser Konflikte Wunden geschlagen.

Die Wunden heilen: Es bleiben die Narben, und das ist ein Segen. Diese Narben bleiben uns bis an unser Lebensende und werden uns eine große Hilfe sein. Wenn irgendwann, aus Bequemlichkeit oder aus einem anderen Grunde, der Wunsch übermächtig wird, zur Vergangenheit zurückzukehren, brauchen wir sie nur anzuschauen.

Die Narben werden uns die Spuren der Handschellen zeigen, die Schrecken der Gefängniszeit, und wir werden voranschreiten.«

Die gute Tat

Ein böser Mann begegnet, nachdem er gestorben ist, am Tor zur Hölle einem Engel.

Der Engel sagt zu ihm: »Es reicht, wenn du eine gute Tat in deinem Leben vollbracht hast, diese eine gute Tat wird dir helfen, trotzdem ins Paradies zu kommen.«

Der Mann antwortet: »Ich habe in meinem Leben nie etwas Gutes getan.«

»Denk gut nach«, beharrt der Engel.

Da erinnert sich der Mann daran, daß er einmal während eines Spaziergangs durch den Wald eine Spinne auf seinem Weg gesehen hat und ausgewichen ist, um sie nicht zu zertreten.

Der Engel lächelt, und der Faden eines Spinnennetzes kommt vom Himmel herunter, und der Mann kann daran ins Paradies klettern. Andere Verdammte nutzen die Gelegenheit, auch daran hochzuklettern, doch der Mann wendet sich um und beginnt, sie abzuschütteln, weil er fürchtet, der Faden könnte reißen.

In diesem Augenblick reißt der Faden, und der Mann fällt in die Hölle zurück.

»Schade«, hört der Mann den Engel sagen. »Dein Egoismus hat das einzig Gute, das du getan hast, in einen Fluch verwandelt.«

Das brennende Haus oder Notwendige Veränderungen

Ein Mann geht während eines Regengusses durch ein kleines Dorf und sieht ein brennendes Haus. Als er näher kommt, sieht er einen Mann inmitten der Flammen in seinem Wohnzimmer sitzen.

»He, dein Haus steht in Flammen«, ruft der Reisende.

»Ich weiß«, antwortet der Mann.

»Aber warum verläßt du das Haus nicht?«

»Weil es regnet«, sagt der Mann. »Meine Mutter hat mir immer gesagt, ich würde mir eine Lungenentzündung holen, wenn ich bei Regen aus dem Haus gehe.«

Zao Chis Kommentar zu dieser Fabel: »Der ist ein weiser Mann, der eine Haltung aufgeben kann, wenn er sich dazu gezwungen sieht.«

Der peruanische Galgen oder Freiheit und Gerechtigkeit

Eine peruanische Sage berichtet von einer Stadt, in der alle glücklich waren. Ihre Bewohner taten, was ihnen gefiel, und kamen gut miteinander aus. Nur der Bürgermeister war traurig, denn er hatte nichts, was er regieren konnte. Das Gefängnis war leer, das Gerichtsgebäude unbenutzt, und der Notar verdiente nichts, weil das Wort mehr galt als das Papier.

Eines Tages rief der Bürgermeister einige Handwerker aus einem entlegenen Ort zu sich, damit sie um den Platz in der Mitte der Stadt einen Holzverschlag bauten. Eine Woche lang war das Hämmern und Sägen zu hören.

Am Ende der Woche lud der Bürgermeister alle Bewohner der Stadt zur Einweihung ein. Feierlich wurde der Holzverschlag entfernt, und vor ihren Augen stand – ein Galgen.

Die Leute fragten einander, was der Galgen dort machte. Ängstlich begannen sie, das Gericht bei Angelegenheiten einzuschalten, die sie zuvor einvernehmlich geregelt hatten. Sie gingen zum Notar, um Dokumente registrieren zu lassen, deren Inhalt zuvor mündlich vereinbart worden war. Und sie begannen aus Furcht vor dem Gesetz auf den Bürgermeister zu hören.

Die Sage behauptet, daß der Galgen nie benutzt wurde. Allein seine Anwesenheit veränderte alles.

Glück

Der Meister sagt:

»Das Wort ist Macht. Worte verändern den Menschen und mit ihm die Welt.

Wir haben alle schon einmal sagen hören: Wir sollten nicht über das Glück reden, das uns zuteil wird, wenn wir nicht den Neid der anderen auf uns ziehen und unser Glück zerstören lassen wollen.

Dem ist keineswegs so: Die Erfolgreichen sprechen voller Stolz über die Wunder in ihrem Leben. Wenn du positive Energie verströmst, zieht diese noch mehr positive Energie an und macht diejenigen, denen du Gutes wünschst, glücklich.

Die Neider und die Erfolglosen können dir nur dann schaden, wenn du ihnen die Macht dazu gibst.

Hab keine Angst. Sprich zu allen, die es hören wollen, frei heraus über die guten Dinge in deinem Leben. Die Weltenseele bedarf dringend deines Glücksgefühls.«

Die Gebeine des Königs

Es war einmal ein spanischer König, der war sehr stolz auf seine Herkunft und bekannt für seine Grausamkeit gegenüber Schwächeren. Einmal wanderte er mit seinem Hofstaat über ein Feld in Aragón, wo Jahre zuvor sein Vater in einer Schlacht gefallen war. Dort trafen sie auf einen heiligen Mann, der in einem riesigen Haufen Knochen wühlte.

»Was tust du da?« fragte der König.

»Seid gegrüßt, Majestät«, sagte der heilige Mann. »Als ich erfuhr, daß der König von Spanien hierherkommen sollte, beschloß ich, die Gebeine Eures verstorbenen Vaters zu sammeln, um sie Euch zu überreichen. Doch sosehr ich auch suche, ich kann sie nicht finden: Sie unterscheiden sich nicht von den Gebeinen der Bauern, der Armen, der Bettler und der Sklaven.«

Der Held

Ein alter Mann ruft kurz vor seinem Tod einen jungen Mann zu sich und erzählt ihm eine Geschichte voller Heldenmut:

Während des Krieges hat er einem Mann geholfen zu überleben, indem er ihm ein Dach über dem Kopf, Nahrung und Schutz bot. Als der Errettete wieder bei Kräften und in Sicherheit war, beschloß dieser, seinen Retter zu verraten und an den Feind auszuliefern.

»Wie sind Sie entkommen?« fragte der junge Mann.

»Ich bin nicht entkommen. Ich war der Verräter«, sagte der alte Mann. »Doch wenn ich die Geschichte erzähle, als wäre ich der Held, dann kann ich verstehen, was er alles für mich getan hat.«

Fluch und Gnade der Erinnerung

Ein alter chinesischer Weiser wanderte über ein schneebedecktes Feld, als er auf eine weinende Frau traf.

»Warum weinst du?« fragte er.

»Weil ich über mein Leben, meine Jugend, meine Schönheit, die ich im Spiegel sah, und die Männer, die ich geliebt habe, nachdenke. Gott ist grausam, der mir die Fähigkeit zu erinnern gegeben hat. Er wußte, daß ich mich an den Frühling meines Lebens erinnern und weinen würde.«

Der Weise stand auf dem schneebedeckten Feld und starrte auf einen festen Punkt. Irgendwann hörte die Frau auf zu weinen.

»Was siehst du dort?« fragte sie.

»Ein Feld voller Rosen«, antwortete der Weise. »Gott war großzügig, als er mir die Fähigkeit zu erinnern gab. Er wußte, daß ich mich im Winter immer an den Frühling erinnern – und dann lächeln könnte.«

Vom Umgang mit Schwierigkeiten

W. Frasier schrieb sein ganzes Leben lang über den amerikanischen Westen und war stolz darauf, das Drehbuch für einen Film geschrieben zu haben, in dem Gary Cooper mitspielte. Er sagte, es habe nur wenige Augenblicke in seinem Leben gegeben, in denen er zornig geworden sei.

»Ich habe viel von den Pionieren gelernt«, sagte er. »Sie kämpften gegen die Indianer, durchquerten Wüsten, suchten an entlegenen Orten nach Nahrung und Wasser. Doch allem, was in dieser Zeit geschrieben wurde, ist eines gemeinsam: Die Pioniere schrieben und redeten nur über Angenehmes. Anstatt zu klagen, komponierten sie Lieder und erfanden Witze über ihre Schwierigkeiten. So vermieden sie Entmutigung und Niedergeschlagenheit. Und heute, mit achtundachtzig Jahren, versuche ich das gleiche zu tun.«

Die letzte Perle

Buscaglia erzählt die Geschichte des vierten der Heiligen Drei Könige, der auch den Stern über Bethlehem scheinen sah. Doch er kam immer zu spät an den Ort, an dem er Jesus vermutete, weil er auf seinem Weg immer von Armen und Bedürftigen aufgehalten wurde, die ihn um Hilfe baten.

Nachdem er Jesus dreißig Jahre lang durch Ägypten, Galiläa und Bethanien gefolgt war, erreichte der König Jerusalem und kam wieder zu spät. Das Jesuskind war inzwischen erwachsen, und der König traf am Tag seiner Kreuzigung ein. Der König hatte Perlen gekauft, um sie Jesus zu schenken, doch dann hatte er sie wieder verkauft, um denen zu helfen, denen er unterwegs begegnete. Eine einzige Perle war ihm geblieben, doch der Erlöser war bereits tot.

»Ich bin gescheitert«, dachte der König. Doch da hörte er eine Stimme:

»Ganz im Gegenteil. Du bist dein ganzes Leben

lang bei mir gewesen. Als ich nackt war, hast du mich bekleidet. Als ich hungrig war, hast du mich gespeist. Als ich gefangen war, hast du mich besucht. Ich war in jeder Seele, die dir auf deinem Weg begegnete. Und ich danke dir für so viele Geschenke der Liebe.«

Das würdige Geschenk

Ein Geschäftsmann, der zu einer langen Reise aufbrach, verabschiedete sich von seiner Frau.

»Du hast mir nie ein Geschenk mitgebracht, das meiner würdig gewesen wäre«, sagte sie.

»Du bist undankbar«, antwortete der Mann. »Alles, was ich dir gegeben habe, hat mich Jahre der Arbeit gekostet. Was sonst könnte ich dir geben?«

»Etwas, das so schön ist wie ich.«

Zwei Jahre lang wartete die Frau auf ihr Geschenk. Schließlich kehrte ihr Mann zurück.

»Ich habe etwas gefunden, das so schön ist wie du«, sagte er. »Erst habe ich über deine Undankbarkeit geweint, aber dann habe ich beschlossen, deiner Bitte nachzukommen. Ich habe die ganze Zeit gedacht, es könnte kein Geschenk geben, das so schön ist wie du, doch dann fand ich eines.«

Und er überreichte ihr einen Spiegel.

Selbstherrlichkeit

Ein buddhistischer Meister war mit seinen Schülern zu Fuß unterwegs, als er bemerkte, daß sie untereinander darüber stritten, wer von ihnen der Beste sei.

»Ich meditiere seit fünfzehn Jahren«, sagte einer.

»Ich war wohltätig, seit ich mein Elternhaus verlassen habe«, sagte ein anderer.

»Ich habe stets die Lehren Buddhas befolgt«, sagte ein dritter.

Mittags rasteten sie unter einem Apfelbaum. Dieser war so voll mit Früchten, daß die Äste sich fast bis zum Boden neigten.

Der Meister sagte:

»Wenn ein Baum mit Früchten beladen ist, beugen sich seine Äste zu Boden. Wahrhaft weise ist der Demütige.

Wenn ein Baum keine Früchte trägt, sind seine Äste überheblich und stolz. Und auch der Törichte glaubt immer, er sei besser als andere.«

Von der Schönheit

Ein Mann verkauft Vasen auf einem Markt.

Eine Frau tritt an seinen Stand und prüft seine Waren. Einige Stücke sind schmucklos, andere sind kunstvoll verziert.

Die Frau fragt ihn nach dem Preis. Zu ihrer Überraschung erfährt sie, daß alle gleich viel kosten.

»Wie kann eine verzierte Vase genauso viel kosten wie eine einfache?« fragt sie. »Warum verlangen Sie genauso viel für eine Vase, deren Herstellung mehr Zeit gekostet hat?«

»Ich bin Künstler«, antwortet der Verkäufer. »Ich kann etwas dafür verlangen, daß ich die Vase hergestellt habe, aber nicht für die Schönheit. Schönheit ist mit Geld nicht aufzuwiegen.»

Von der Einsamkeit

Der Wanderer verließ eine Messe und fühlte sich einsam. Da sprach ihn unvermittelt ein Freund an.

»Ich muß dich unbedingt sprechen«, sagte er.

Der Wanderer sah dieses Treffen als ein Zeichen und war so begeistert, daß er begann, über alles zu reden, was ihm wichtig erschien. Er sprach von den Segnungen Gottes, der Liebe, sagte, daß sein Freund ein Zeichen seines Engels sei, da er sich nur wenige Minuten zuvor einsam gefühlt habe.

Der andere hörte ihm schweigend zu, dankte und ging davon.

Doch statt Freude zu verspüren, fühlte der Wanderer sich einsamer denn je. Später wurde ihm bewußt, daß er in seiner Begeisterung nicht auf den Wunsch seines Freundes eingegangen war: Er hatte ihn sprechen wollen.

Der Wanderer blickte zu Boden und sah seine eigenen Worte auf der Erde liegen. Das Universum hatte in diesem Augenblick etwas ganz anderes gewollt.

Vom Schreiben

Der Meister sagt:

»Schreib! Sei es einen Brief oder ein Tagebuch oder Notizen, während du telefonierst – aber schreib!

Schreiben nähert uns Gott und unserem Nächsten.

Wenn du deine Rolle in der Welt besser verstehen willst, dann schreib. Versuche deine Seele ins Schreiben zu legen, auch wenn niemand es liest, oder, was schlimmer ist, jemand es liest, obwohl du es nicht wolltest. Der einfache Akt des Schreibens hilft uns, die Gedanken zu ordnen und klar zu sehen, was uns umgibt. Ein Stück Papier und ein Kugelschreiber können Wunder bewirken – Schmerzen heilen, Träume in Erfüllung gehen lassen, verlorene Hoffnung wiederbringen.

Im Wort liegt Kraft.«

Der Mercedesfahrer oder Vorschnelle Schlüsse

Ein Mann fuhr einen Luxuswagen und hatte eine Reifenpanne. Als er den Reifen wechseln wollte, bemerkte er, daß der Wagenheber fehlte.

»Nun, dann werde ich zum nächsten Haus gehen und mir einen ausleihen«, dachte er und machte sich auf den Weg.

»Vielleicht wollen sie, wenn sie meinen Wagen sehen, Geld dafür haben«, sagte er sich. »Bei so einem Wagen werden sie mir, wenn ich um Hilfe bitte, sicher zehn Dollar verlangen. Nein, vielleicht verlangen sie fünfzig, weil sie wissen, daß ich den Wagenheber dringend brauche.«

Je näher er dem Haus kam, desto höher stieg der Preis. Als er beim Haus anlangte und der Besitzer die Tür öffnete, schrie er:

»Sie sind ein Dieb! Ein Wagenheber ist nicht soviel wert! Sie können ihn behalten!«

Wer kann von sich behaupten, daß er oder sie sich noch nie so verhalten hat?

Die Macht der Worte

Von allen zerstörerischen Waffen, die der Mensch erfunden hat, ist die schlimmste – und die feigste – das Wort.

Dolche und Feuerwaffen hinterlassen eine Spur aus Blut. Bomben zerstören Häuser und Straßen. Gift kann festgestellt werden.

Der Meister sagt:

»Das Wort zerstört, ohne Spuren zu hinterlassen. Kinder werden jahrelang von ihren Eltern dressiert, Männer werden erbarmungslos kritisiert, Frauen werden systematisch von den Bemerkungen ihrer Männer erniedrigt. Gläubige werden von denen von der Religion ferngehalten, die glauben, allein sie könnten Gottes Worte deuten.

Finde heraus, ob du diese Waffe gegen andere benutzt. Finde heraus, ob andere diese Waffe gegen dich benutzen. Und lasse weder das eine noch das andere zu.«

Der Mut zum eigenen Weg

»Manchmal gewöhnen sich die Leute an das, was sie in den Filmen sehen, und vergessen, wie es in Wirklichkeit war«, sagte einmal jemand zum Wanderer. »Erinnerst du dich an den Film *Die Zehn Gebote*?«

»Natürlich. Moses – Charlton Heston hebt den Stab, die Wasser teilen sich, und das Volk Israel kann das Rote Meer durchqueren.«

»In der Bibel steht das nicht so«, sagte der andere. »Da gibt Gott Moses den Befehl: Sag den Kindern Israel, daß sie ziehen. Und erst als sie sich in Bewegung gesetzt haben, hebt Moses den Stab und die Wasser teilen sich. Denn nur dem, der Mut hat, den Weg zu gehen, offenbart sich der Weg.«

Routine und Ritual

Diese Zeilen stammen vom Cellisten Pablo Casals:

»Ich werde immer wiedergeboren. Jeden Morgen beginnt das Leben aufs neue. Seit achtzig Jahren beginne ich meinen Tag auf dieselbe Art. Doch das heißt nicht, daß es mechanische Routine ist. Es ist wesentlich für mein Glück.

Ich wache auf, setze mich an den Flügel und spiele zwei Präludien und eine Fuge von Bach. Diese Stücke wirken wie ein Segen für mein Haus. Doch damit trete ich auch in Kontakt mit den Mysterien des Lebens und dem Wunder, ein Mensch zu sein.

Obwohl ich es achtzig Jahre lang getan habe, ist die Musik nie dieselbe. Sie lehrt mich jedesmal etwas Neues, Phantastisches, Unglaubliches.«

Vom Gleichgewicht

Ein Bogenschütze ging durch einen Wald in der Nähe eines Hindu-Klosters, das für die Strenge seiner Lehre bekannt war, als er sah, wie die Mönche im Garten tranken und miteinander scherzten.

»Wie zynisch die doch sind, die den Weg Gottes suchen«, empörte sich der Bogenschütze laut. »Da sagen sie, Disziplin sei wichtig, und betrinken sich.«

»Wenn du einhundert Pfeile hintereinander abschießt, was wird dann mit deinem Bogen geschehen?« fragte der älteste der Mönche.

»Mein Bogen würde zerbrechen«, antwortete der Bogenschütze.

»Wenn jemand seine Grenzen überschreitet, bricht er auch seinen Willen«, sagte der Mönch. »Wer kein Gleichgewicht zwischen Arbeit und Ruhezeit schafft, verliert seine Begeisterung und wird nicht weit kommen.«

Das Friedensangebot

Ein König schickte einen Boten mit einem Friedensvertrag in ein fernes Land. Um seine Reise auch privat zu nutzen, informierte der Bote einige seiner Freunde davon, die in jenem Land wichtige Geschäfte tätigten. Sie baten ihn, seine Reise aufzuschieben, und schrieben neue Orders und änderten ihre Geschäftsstrategie.

Als der Bote schließlich zu seiner Reise aufbrach, war es zu spät für die Überreichung des Friedensvertrags. Krieg brach aus und machte die Pläne des Königs und die Geschäfte der Männer zunichte, die den Boten aufgehalten hatten.

Der Meister sagt:

»Es kommt in eurem Leben nur auf eines an: das eigene Schicksal zu leben – die Mission, die uns bestimmt ist. Doch wir überlasten uns letztlich immer nur mit nutzlosen Tätigkeiten, die unsere Träume am Ende zerstören.«

Gerechtigkeit

Der Wanderer steht im Hafen von Sydney und blickt auf die Brücke, die die beiden Stadtteile miteinander verbindet, als ein Australier zu ihm tritt und ihn bittet, ihm eine Anzeige aus der Zeitung vorzulesen.

»Die Buchstaben sind sehr klein«, sagt er. »Ich habe meine Brille zu Hause vergessen und kann sie nicht entziffern.«

Der Wanderer hat seine Lesebrille auch nicht dabei und entschuldigt sich bei dem Mann.

»Nun, dann vergessen wir eben die Anzeige«, sagt der Mann.

Und um das Gespräch fortzusetzen, sagt er:

»Das geht nicht nur uns beiden so. Auch Gottes Sehfähigkeit ist getrübt. Nicht weil er alt ist, sondern weil er es so will. Denn wenn jemand, der ihm nahe ist, einen Fehler begeht, kann er es nicht deutlich sehen. Und weil er nicht ungerecht sein will, vergibt er ihm.«

»Und was ist mit den guten Dingen?« fragt der Wanderer.

»Nun, Gott vergißt nie seine Brille zu Hause«, entgegnet der Australier und geht lachend davon.

Glauben und Gebet

»Gibt es etwas Wichtigeres als das Gebet?« fragte der Schüler den Meister.

Der Meister bat den Schüler, zu einem Busch in der Nähe zu gehen und ihm einen Zweig abzuschneiden.

»Lebt der Busch weiter?« fragte der Meister.

»Genauso wie vorher«, antwortete der Schüler.

»Dann gehe hin und schneide die Wurzel ab«, forderte ihn der Meister auf.

»Wenn ich das tue, stirbt der Busch«, sagte der Schüler.

»Die Gebete sind die Zweige eines Baumes, dessen Wurzel Glaube heißt«, sagte der Meister. »Es kann den Glauben ohne ein Gebet geben, aber es kann kein Gebet ohne Glauben geben.«

Der Wanderer

Niederlagen und Erfahrungen

Der Meister sagt:

»Wenn wir ahnen, daß die Zeit für eine Veränderung gekommen ist, beginnen wir unbewußt, all unsere Niederlagen bis zu diesem Augenblick wie auf einem Video vor unserem inneren Auge an uns vorbeiziehen zu lassen.

Je älter wir werden, desto größer wird natürlich die Anzahl der Niederlagen. Doch mit ihnen ist auch unsere Erfahrung darin gewachsen, wie diese Niederlagen zu überwinden sind und wie man einen Weg finden kann, der uns weiterführt. Auch dieses Band sollten wir in unseren geistigen Videorecorder einlegen.

Sehen wir nur das Video mit den Niederlagen an, lähmt uns das. Sehen wir uns nur das Video mit unseren Erfahrungen an, glauben wir am Ende, daß wir weiser sind, als es tatsächlich der Fall ist.

Wir brauchen beide Videos.«

Vom Umgang mit Versuchungen

Ein Fremder suchte den Abt des Klosters Sceta auf.

»Ich möchte ein gottgefälligeres Leben führen«, sagte er. »Aber ich kann nicht aufhören, sündigen Gedanken nachzuhängen.«

Der Abt bemerkte, daß draußen ein kühles Lüftchen wehte, und sagte zum Fremden:

»Hier drinnen ist es so heiß, könnten Sie nicht hinausgehen und etwas kühlen Wind hereinholen?«

»Das ist unmöglich«, sagte der Fremde.

»Genauso unmöglich wie aufzuhören, Gedanken zu haben, die Gott beleidigen könnten«, antwortete der Mönch. »Doch wenn es Ihnen gelingt, nein zu den Versuchungen zu sagen, werden sie Ihnen nicht schaden.«

Entscheiden und mit den Konsequenzen leben

Der Meister sagt:

»Wenn eine Entscheidung ansteht, solltest du sie treffen und mit den Konsequenzen leben. Du kannst im voraus nicht wissen, wie diese Konsequenzen aussehen werden.

Alle Weissagungskünste sind dazu geschaffen worden, dem Menschen Ratschläge zu erteilen, niemals aber dazu, die Zukunft vorauszusagen. Sie sind ausgezeichnete Ratgeber, aber schlechte Propheten.

In einem der Gebete, die uns Jesus gelehrt hat, heißt es: ›Dein Wille geschehe.‹

Wenn dieser Wille ein Problem mit sich bringt, so trägt er auch dessen Lösung in sich.

Wenn die Wahrsager tatsächlich die Zukunft voraussehen könnten, wären alle Wahrsager reich, verheiratet und glücklich.«

Eigenverantwortung

Der Schüler näherte sich dem Meister:

»Seit Jahren suche ich die Erleuchtung«, sagte er. »Ich fühle, daß sie nicht mehr weit ist. Ich möchte wissen, welchen Schritt ich als nächsten tun soll.«

»Und wie erwirbst du deinen Lebensunterhalt?« fragte der Meister.

»Noch habe ich nicht gelernt, mich selbst zu ernähren. Mein Vater und meine Mutter unterstützen mich. Aber das tut doch hier nichts zur Sache.«

»Der nächste Schritt besteht darin, daß du eine halbe Minute lang in die Sonne blickst«, sagte der Meister.

Der Schüler gehorchte. Als die Zeit um war, bat der Meister den Schüler, er möge ihm das Feld um sich herum beschreiben.

»Ich kann es nicht sehen, die Helligkeit der Sonne hat meinen Blick getrübt«, antwortete der Schüler.

»Ein Mensch, der nur das Licht sucht und die Verantwortung für sich selbst anderen überläßt, wird die Erleuchtung nicht finden. Ein Mensch, der in die Sonne starrt, wird am Ende blind«, sagte darauf der Meister.

Macht Glauben unfrei?

Auf seiner Wanderung durch ein Tal in den Pyrenäen traf ein Mann auf einen alten Hirten. Er teilte sein Essen mit ihm, und sie saßen lange beieinander und sprachen über das Leben.

»Wenn ich an Gott glauben würde«, sagte der Wanderer, »hieße das für mich auch, daß ich mich damit abfinde, unfrei zu sein, denn dann würde Gott einen jeden meiner Schritte bestimmen.«

Da führte ihn der Hirt an eine Schlucht, deren Wände jedes Geräusch klar und deutlich als Echo zurückwarfen.

»Das Leben sind diese Wände, und das Schicksal ist der Schrei jedes einzelnen von uns«, sagte der Hirt. »Das, was wir tun, wird zu seinem Herzen aufsteigen und unverändert zu uns zurückkehren. Gottes Handeln ist das Echo unserer Taten.«

Von müßigen Gedanken

Der Schüler sagte zum Meister:

»Ich habe den größten Teil des Tages damit verbracht, über Dinge nachzudenken, über die ich nicht nachdenken sollte, mir Dinge zu wünschen, die ich mir nicht wünschen sollte, Pläne zu schmieden, die ich nicht schmieden sollte.«

Der Meister lud den Schüler ein, ihn auf einen Spaziergang im Wald hinter seinem Haus zu begleiten. Er zeigte auf eine Pflanze am Wegrand und fragte den Schüler, was für eine Pflanze das sei.

»Belladonna«, sagte der Schüler. »Sie tötet jeden, der ihre Blätter ißt.«

»Aber sie kann niemanden töten, der sie einfach nur ansieht«, sagte der Meister. »Ebensowenig können verwerfliche Wünsche dem etwas anhaben, der sich nicht von ihnen verführen läßt.«

Kein Feuer ohne Rauch oder Vom Wert der Eigenerfahrung

Eines Nachts setzte sich der Meister mit seinen Schülern zusammen und bat sie, ein Feuer anzuzünden.

»Der spirituelle Weg gleicht dem Feuer, das vor uns brennt«, sagte er. »Der Mensch, der es anfachen will, muß den anfänglichen Rauch in Kauf nehmen, der einem das Atmen erschwert und Tränen in die Augen treibt.

Brennt das Feuer jedoch einmal, verschwindet der Rauch, und die Flammen erleuchten alles ringsum, schenken uns Behaglichkeit und Frieden.«

»Aber es könnte doch jemand anderes das Feuer für uns anfachen«, meinte einer der Schüler. »Und jemand uns zeigen, wie man es anstellt, daß kein Rauch entsteht.«

»Tut er dies, ist er ein falscher Meister. Er kann das Feuer hintragen, wohin er will, oder es löschen, wann er will. Da er aber niemanden gelehrt hat, wie es angezündet wird, kann es gut sein, daß alle im Dunkeln bleiben.«

Das Tor durch die Unmöglichkeit

»Wenn du dich auf deinen Weg machst, wirst du an eine Tür kommen, an der ein Satz geschrieben steht«, sagt der Meister. »Komm zu mir zurück und sage mir, wie dieser Satz lautet.«

Eifrig macht sich der Schüler auf die Suche.

Eines Tages sieht er die Tür und kehrt zum Meister zurück.

»Am Anfang des Weges stand geschrieben: *Es ist unmöglich*«, berichtet er.

»Wo stand das?« fragt der Meister. »An einer Wand oder an einer Tür?«

»An einer Tür«, antwortet der Schüler.

»Nun, dann packe die Türklinke und öffne die Tür.«

Der Schüler gehorcht. Da der Satz an der Tür steht, bewegt er sich mit ihr. Als die Tür ganz offen ist, kann er den Satz nicht mehr sehen – und setzt seinen Weg fort.

Der erste Schritt auf dem spirituellen Weg

Ein Mann beschloß, einen Eremiten aufzusuchen, der in der Nähe des Klosters Sceta lebte. Nachdem er lange durch die Wüste gewandert war, traf er schließlich auf den Mönch.

»Ich will wissen, welches der erste Schritt ins spirituelle Leben sein muß«, sagte er.

Der Eremit führte ihn an einen kleinen Brunnen und bat ihn, sein Spiegelbild im Wasser zu betrachten. Der Mann gehorchte, doch der Eremit warf kleine Steine ins Wasser, worauf sich die Wasseroberfläche bewegte.

»Ich kann mein Gesicht nicht deutlich sehen, wenn Ihr Steine ins Wasser werft«, sagte der Mann.

»Ebensowenig wie es einem Menschen möglich ist, sein Gesicht im aufgewühlten Wasser zu sehen, kann er Gott suchen, wenn sein Geist einzig und allein auf die Suche fixiert ist«, sagte der Mönch. »Dies ist der erste Schritt.«

Vom Daumenlutschen und von anderen Lastern

Ein 32jähriger Patient suchte den Therapeuten Richard Crowley auf:

»Ich kann einfach nicht mit dem Daumenlutschen aufhören«, sagte er.

»Machen Sie sich darüber keine Sorgen«, beruhigte ihn Crowley. »Lutschen Sie einfach jeden Tag an einem anderen Finger.«

Von da an mußte sich der Patient jedesmal, wenn er die Hand zum Mund führte, bewußt für einen Finger entscheiden, der an diesem Tag dran sein sollte. Die Woche war noch nicht um, da war er geheilt.

»Wenn ein Laster zur Gewohnheit wird, ist es schwierig, mit ihm umzugehen«, meinte Richard Crowley. »Doch wenn es von uns eine neue Haltung, neue Entscheidungen, eine Wahl verlangt, wird uns bewußt, daß es diese Anstrengung nicht wert ist.«

Das Ende der Angst

Zwei Rabbiner lassen nichts unversucht, um den Juden in Nazi-Deutschland geistlichen Beistand zu geben. Zwei Jahre lang leben sie in ständiger Angst, gefaßt zu werden, und zwei Jahre gelingt es ihnen, ihren Verfolgern zu entkommen und in verschiedenen Gemeinden Gottesdienste abzuhalten.

Am Ende werden sie doch gefangengenommen. Der erste Rabbiner betet in einem fort, aus Angst vor dem, was ihm bevorsteht. Der zweite schläft den ganzen Tag.

»Warum schläfst du?« fragt der ängstliche Rabbiner.

»Um bei Kräften zu bleiben. Ich weiß, daß ich sie noch brauchen werde«, sagt der andere.

»Aber hast du denn keine Angst? Wer weiß, was sie mit uns vorhaben.«

»Ich hatte Angst bis zu dem Augenblick, in dem wir gefangengenommen wurden. Die Zeit der Angst ist zu Ende; jetzt beginnt die Zeit der Hoffnung.«

Vom Christus- und vom Zirkuskind

Unsere Heilige Muttergottes stieg einst mit dem Jesuskind im Arm zur Erde nieder, um ein Kloster zu besuchen.

Die Mönche standen freudig aufgereiht da, um ihr ihre Ehrbezeugungen entgegenzubringen. Einer rezitierte Gedichte, ein anderer zeigte Buchmalereien, ein weiterer sagte die Namen der Heiligen auf.

Am Ende der Reihe stand ein einfacher Pater, der nicht das Glück hatte, bei den Weisen seiner Zeit gelernt zu haben. Seine Eltern waren Zirkusartisten gewesen. Als er an die Reihe kam, wollten die Mönche ihre Ehrbezeugungen abbrechen, weil sie befürchteten, er könnte ihr Kloster blamieren.

Doch er ließ sich nicht beirren und huldigte der Heiligen Jungfrau auf seine Weise. Unter den tadelnden Blicken der Brüder zog er schüchtern einige Orangen aus der Tasche und begann mit ihnen zu jonglieren, wie es ihn seine Eltern im Zirkus gelehrt hatten.

Erst da lächelte das Jesuskind und klatschte vor Freude in die Händchen. Und nur ihm streckte die Heilige Jungfrau die Hände entgegen, und nur er durfte ihren Sohn eine Weile auf dem Arm halten.

Überrasche dich selbst!

Versuche nicht immer vernünftig und konsequent zu sein. Schließlich hat Paulus schon gesagt: Dieser Welt Weisheit ist Torheit vor Gott.

Immer vernünftig zu sein bedeutet, stets eine zu den Socken passende Krawatte zu tragen. Es bedeutet, morgen die Meinung von gestern zu vertreten. Und die Erde – bewegt sie sich etwa nicht?

Sei ruhig inkonsequent, ändere deine Meinung, es steht dir zu, du brauchst dich dafür nicht zu schämen, solange niemand dadurch zu Schaden kommt. Was die anderen denken könnten, ist gleichgültig, sie denken sich ohnehin, was sie wollen. Bleib gelassen. Laß das Universum um dich kreisen, genieße es, über dich selbst überrascht zu sein. Welcher sich dünkt, weise zu sein, der werde ein Narr, sagt Paulus.

Aus der Reihe tanzen

Der Meister sagt:

»Heute wäre ein guter Tag, um etwas Außergewöhnliches zu tun. Zum Beispiel auf dem Weg zur Arbeit auf der Straße tanzen. Einem oder einer Unbekannten in die Augen schauen und von Liebe auf den ersten Blick sprechen. Dem Chef gegenüber eine Idee vorbringen, mit der wir uns vielleicht lächerlich machen, an die wir jedoch glauben. Ein Instrument kaufen, das wir schon immer spielen wollten, aber nicht wagten.

Die Krieger des Lichts gestehen sich solche Tage zu.

Wir können den Tag auch dazu benutzen, um alte Wunden zu lecken, die immer noch weh tun. Wir können jemanden anrufen, den nie wieder anzurufen wir uns geschworen haben (obwohl wir uns über eine Nachricht auf unserem Anrufbeantworter riesig gefreut hätten).

Heute könnte ein Tag sein, der nicht ins Pensum paßt, das wir jeden Morgen aufsetzen.

Heute ist jeder Fehler erlaubt und verziehen. Heute ist ein Tag der Lebensfreude.«

Von mutigen Schritten oder Von ganzen und halben Sachen

Der heilige Antonius lebte in der Wüste, als ein Jüngling zu ihm trat.

»Vater, ich habe alles, was ich besaß, verkauft und den Armen gegeben. Nur ein paar Dinge habe ich behalten, die mir helfen sollen, hier zu überleben. Ich bitte Euch, mir den Weg zur Erlösung zu zeigen.«

Der heilige Antonius bat den Jüngling, die wenigen Dinge, die er behalten hatte, ebenfalls zu verkaufen und mit dem Geld in der Stadt Fleisch zu erstehen. Auf dem Rückweg solle er das Fleisch an seinem Körper festbinden.

Der Jüngling gehorchte.

Auf dem Rückweg wurde er von Hunden und Falken angefallen, die sich jeder ein Stück von dem Fleisch schnappen wollten.

»Hier bin ich wieder«, sagte der Jüngling und wies auf seinen zerkratzten Körper und die zerfetzten Kleider.

»Wer einen neuen Schritt tut und noch ein bißchen vom alten Leben beibehalten will, wird am Ende von der eigenen Vergangenheit zerfetzt«, war der Kommentar des Heiligen.

Die Segnungen des Tages

Der Meister sagt:

»Lebe alle die Segnungen, die Gott dir heute gegeben hat. Segnungen können nicht angespart werden. Es gibt keine Bank, in die wir die erhaltenen Segnungen einzahlen können, um sie nach unserem Willen aufzubrauchen. Wenn wir diese Segnungen nicht nutzen, werden wir sie unwiederbringlich verlieren.

Gott weiß, daß wir Künstler sind, die das Leben formen. An einem Tag gibt er uns Ton, um daraus Figuren zu schaffen, an einem anderen Tag Pinsel und Leinwand oder eine Feder zum Schreiben. Doch wir werden nie Ton auf Leinwand oder Federn für Skulpturen benutzen können. Jeder Tag birgt sein eigenes Wunder. Nimm die Segnungen an, arbeite und schaffe heute daraus dein Kunstwerk. Morgen wirst du mehr erhalten.«

Macht Glück angst?

Der Meister sagt:

»Viele Menschen haben Angst vorm Glücklichsein. Denn um glücklich zu sein, müßten wir viel an uns und unseren Gewohnheiten aufgeben oder ändern. Häufig sträuben wir uns gegen die guten Dinge, die uns widerfahren, halten uns ihrer für unwürdig. Wir nehmen sie nicht an, weil wir fürchten, damit in Gottes Schuld zu stehen.

Wir denken: ›Es ist besser, nicht vom Kelch der Freude zu trinken, weil wir leiden werden, wenn wir ihn einmal nicht mehr haben.‹

Aus Angst, an Größe zu verlieren, wachsen wir nicht. Aus Angst davor zu weinen, hören wir auf zu lachen.«

Die Kerze

An der Wand einer kleinen Kirche in den Pyrenäen steht geschrieben:

»Herr, möge diese Kerze, die ich eben angezündet habe, Licht verbreiten und mich in meinen Entscheidungen und Schwierigkeiten erleuchten. Möge sie das Feuer sein, mit dem Du in mir Egoismus, Stolz und Unreinheiten verbrennst. Möge sie die Flamme sein, mit der Du mein Herz erwärmst und mich lieben lehrst. Ich kann nicht lange in Deiner Kirche verweilen. Doch mit dieser Kerze bleibt ein wenig von mir hier. Hilf mir, mein Gebet auf mein Handeln an diesem Tag auszudehnen.

Amen.«

Vom Sprung ins kalte Wasser

Als der Wanderer zehn Jahre alt war, bestand seine Mutter darauf, daß er Sportunterricht nahm. Eine Übung bestand darin, von einer Brücke ins Wasser zu springen. Er kam fast um vor Angst, stellte sich ganz hinten in die Reihe und litt mit jedem Jungen, der vor ihm sprang, denn bald würde der Augenblick kommen, in dem er selbst springen mußte. Eines Tages zwang ihn der Lehrer, der seine Angst bemerkte, als erster zu springen. Er hatte zwar genausoviel Angst, aber sie war so schnell vorbei, daß er nun mutig wurde.

Der Meister sagt:

»Häufig müssen wir auf den richtigen Augenblick warten. Manchmal aber müssen wir sofort handeln und ins kalte Wasser springen. In solchen Fällen ist Aufschieben das allerschlimmste.«

Gibt es Gott?

Eines Morgens, als Buddha inmitten seiner Schüler saß, trat ein Mann hinzu.

»Gibt es Gott?« fragte er.

»Es gibt ihn«, antwortete Buddha.

Nach dem Mittagessen kam ein anderer Mann.

»Gibt es Gott?« fragte er.

»Nein, es gibt ihn nicht«, sagte Buddha.

Am Abend kam ein dritter Mann, der dieselbe Frage stellte:

»Gibt es Gott?«

»Das mußt du selber entscheiden«, antwortete Buddha.

»Meister, das ist absurd!« sagte einer seiner Schüler. »Wie könnt Ihr auf ein und dieselbe Frage verschiedene Antworten geben?«

»Weil es unterschiedliche Menschen sind, die mir die Frage stellen«, antwortete der Erleuchtete. »Ein jeder nähert sich Gott auf seine Weise: durch die Gewißheit, die Negation und den Zweifel.«

Aus sich selbst heraustreten

Wir sind immer damit beschäftigt, zu handeln, etwas zu tun, Probleme zu lösen, für andere zu sorgen. Ständig sind wir dabei, eine Sache zu planen, eine andere zu vollenden, eine dritte zu entdecken. Daran ist nichts Schlechtes, denn schließlich bauen und verändern wir so die Welt. Doch zur Lebenserfahrung gehört auch das Gebet.

Hin und wieder innehalten, aus sich selbst heraustreten, angesichts des Universums still sein. Mit Körper und Seele niederknien. Ohne zu bitten, ohne zu denken, nicht einmal für etwas zu danken. Nur die wortlose Liebe, die uns umgibt, erleben. In diesen Augenblicken können unerwartet Tränen fließen, die weder Tränen der Freude noch solche der Trauer sind. Sei nicht überrascht. Dies ist eine Gabe. Diese Tränen waschen deine Seele.

Weinen wie ein Kind

Der Meister sagt:

»Wenn du weinen mußt, weine wie ein Kind. Auch du warst einmal ein Kind, und weinen war eins der ersten Dinge, die du in deinem Leben gelernt hast. Denn es gehört zu deinem Leben. Vergiß niemals, daß du frei bist, und daß es nicht peinlich ist, seine Gefühle zu zeigen. Schrei, schluchze heftig, sei laut, wenn dir danach ist – denn so weinen die Kinder, und sie wissen, wie sie ihr Herz schnell beruhigen.

Hast du schon einmal bemerkt, wie Kinder aufhören zu weinen? Irgend etwas bringt sie auf andere Gedanken, irgend etwas lenkt ihre Aufmerksamkeit auf ein neues Abenteuer.

Kinder hören schnell auf zu weinen. So wird es auch bei dir sein – aber nur, wenn du wie ein Kind weinst.«

Der richtige Moment

Der Wanderer ißt mit einer befreundeten Anwältin in Fort Lauderdale zu Abend. Ein stark angetrunkener Mann am Nebentisch versucht beharrlich, mit ihr ins Gespräch zu kommen. Irgendwann bittet die Freundin den Betrunkenen, sie in Ruhe zu lassen. Doch er läßt nicht locker:

»Warum denn? Ich habe von Liebe gesprochen, wie es ein nüchterner Mann nie tun würde. Ich habe Freude gezeigt, habe versucht, mich Fremden mitzuteilen. Was ist falsch daran?«

»Es ist nicht der richtige Moment«, antwortet sie.

»Gibt es denn einen richtigen Moment, um Glücklichsein zu zeigen?«

Daraufhin wird der Betrunkene eingeladen, sich zu den beiden an den Tisch zu setzen.

Neu anfangen

Als der Meister unterwegs war, um das Wort Gottes zu verbreiten, fing das Haus, in dem er sonst mit seinen Schülern lebte, Feuer.

»Er hat uns das Haus anvertraut, und wir haben uns nicht richtig darum gekümmert«, klagte einer der Schüler. Und sie begannen umgehend, wieder aufzubauen, was nach dem Brand noch übrig war. Der Meister aber kam früher als erwartet zurück und sah, was sie machten.

»Es sieht aus, als ginge es uns besser: ein neues Haus?« fragte er freudig.

Einer der Schüler erzählte beschämt die Wahrheit: Der Ort, den sie gemeinsam bewohnt hatten, sei von den Flammen zerstört worden.

»Ich verstehe nicht recht, wovon du redest«, antwortete der Meister. »Ich sehe Männer, die ans Leben glauben und eine neue Lebensphase beginnen. Diejenigen, die das einzige verloren haben, das sie besaßen, sind besser dran als viele andere, denn nun kann für sie alles nur besser werden.«

Unbeirrt seinen Weg gehen

Der Meister sagt:

»Wenn du den Weg deiner Träume gehst, gib dich ihm ganz hin. Laß mit der Entschuldigung ›Das ist noch nicht ganz das, was ich wollte‹ keine Hintertür offen. In diesem Satz liegt der Keim für eine Niederlage.

Geh deinen Weg. Auch wenn das manchmal heißt, Schritte ins Ungewisse zu tun, auch wenn du weißt, daß du es besser machen könntest. Wenn du deine Möglichkeiten in der Gegenwart ausschöpfst, wirst du in Zukunft sicher besser werden.

Doch wenn du deine eigenen Grenzen leugnest, wirst du sie nie überwinden.

Stelle dich mutig deinem Weg, fürchte dich nicht vor der Kritik der anderen. Und vor allem, laß dich nicht durch Selbstkritik lähmen.

Gott wird in den schlaflosen Nächten an deiner Seite sein und deine heimlichen Tränen mit Seiner Liebe trocknen.

Gott ist der Gott der Tapferen.«

Der verlorene Sohn oder Von glückhaften Umwegen

Auf der Suche nach unseren Träumen und Idealen gehen wir in die Welt hinaus.

Häufig halten wir das für unerreichbar, was in Reichweite liegt.

Wenn wir den Irrtum erkennen, haben wir das Gefühl, wir hätten unsere Zeit vergeudet, indem wir in der Ferne suchten, was so nah lag. Wir machen uns Vorwürfe wegen der falschen Schritte, wegen der nutzlosen Suche, wegen des Unheils, das wir angerichtet haben.

Der Meister sagt:

»Auch wenn der Schatz in deinem Haus vergraben ist, wirst du ihn erst finden, wenn du dich entfernst. Hätte Petrus nicht dreimal geleugnet, wäre er nicht zum Oberhaupt der Kirche erwählt worden. Hätte der verlorene Sohn nicht alles verlassen, wäre er nicht von seinem Vater festlich empfangen worden.

In unserem Leben gibt es Dinge mit einem Siegel, auf dem steht: ›Du wirst meinen Wert erst erkennen, wenn du mich verloren und wiedergefunden hast.‹ Es ist nicht gut, diesen Weg abkürzen zu wollen.«

Der Elefant oder Die dünnen Fesseln der Gewohnheit

Einem Dompteur gelingt es, einen Elefanten mit einem ganz einfachen Trick zu beherrschen: Er bindet das Elefantenkind mit einem Fuß an einen großen Baumstamm.

Sosehr es sich auch wehrt, es kann sich nicht befreien.

Ganz allmählich gewöhnt es sich daran, daß der Baumstamm stärker ist als es selbst.

Wenn der Elefant erwachsen ist und ungeheure Kräfte besitzt, braucht man nur eine Schnur an seinem Bein zu befestigen und ihn an einen Zweig anzubinden, und er wird nicht versuchen, sich zu befreien. Denn er erinnert sich daran, daß er diesen Versuch unzählige Male vergebens unternommen hat.

Wie bei den Elefanten stecken auch unsere Füße nur in einer dünnen Schlinge.

Doch da wir von Kindesbeinen an die Macht jenes Baumstammes gewohnt sind, wagen wir nicht, uns zu wehren.

Und vergessen darüber, daß es nur einer einfachen mutigen Tat bedarf, um unsere Freiheit zu erlangen.

Führe mich in Versuchung!

Der Seelsorger eines Klosters sagte stets, daß Abt Johannes soviel gebetet habe, daß er sich nicht mehr sorgen müsse – seine Leidenschaften seien besiegt worden.

Dieser Ausspruch kam einem der weisen Männer im Kloster Sceta zu Ohren, der seine Novizen nach dem Abendessen zusammenrief.

»Ihr habt gehört, daß Abt Johannes keinen Versuchungen mehr widerstehen muß«, sagte er. »Fehlt aber der Kampf, wird die Seele schwach. Daher laßt uns den Herrn bitten, Abt Johannes eine mächtige Versuchung zu schicken. Und wenn er ihr widersteht, laßt uns um eine weitere und noch eine weitere bitten. Und wenn er erneut gegen die Versuchungen kämpft, laßt uns beten, daß er niemals mehr sagt: ›Herr, nimm diesen Dämon von mir.‹ Laßt uns darum beten, daß er bittet: ›Herr, gib mir Kraft, das Böse zu überwinden.‹«

Leben ist Begeisterung

Es ist wieder Freitag. Du kommst nach Hause, nimmst dir die Zeitungen vor, die du während der Woche nicht lesen konntest. Du machst den Fernseher an, stellst den Ton ab, legst eine Platte auf. Du zappst dich durch die Programme, während du in der Zeitung blätterst und Musik hörst. Die Zeitungen bringen nichts Neues, die Fernsehprogramme zeigen immer das gleiche, und die Platte hast du auch schon zigmal gehört. Deine Frau kümmert sich um die Kinder, opfert ihre besten Jahre, ohne recht zu wissen, warum.

Du entschuldigst dich damit, daß das Leben nun einmal so sei.

Nein, das ist nicht das Leben. Leben ist Begeisterung. Versuche dich daran zu erinnern, wo du deine Begeisterung vergraben hast. Nimm deine Frau und deine Kinder bei der Hand und versuche die Begeisterung wiederzufinden, bevor es zu spät ist. Liebe hat noch niemanden davon abgehalten, seinem Traum zu folgen.

Play it again!

Angela Pontual, eine Freundin des Wanderers, besuchte einmal eine Theateraufführung am Broadway. In der Pause ging sie ins Foyer, um einen Whisky zu trinken. Das Foyer war voller Menschen, die rauchten, redeten, tranken.

Ein Pianist spielte, doch niemand achtete auf die Musik. Angela nippte an ihrem Drink und sah den Musiker an. Er schien gelangweilt, wirkte so, als würde er nur spielen, weil er mußte, und als könnte er das Ende der Pause kaum erwarten. Nach einem weiteren Whisky wandte sie sich, schon etwas beschwipst, an den Pianisten.

»Sie sind eine Nervensäge! Warum spielen Sie denn nicht für sich selber?« fuhr sie ihn an.

Der Pianist blickte sie erstaunt an und begann sofort die Stücke zu spielen, die ihm gefielen. Darauf wurde es still im Foyer. Als der Pianist geendet hatte, applaudierten alle begeistert.

Spirituelle Suche und Problemflucht

Der heilige Franziskus von Assisi war ein allseits beliebter junger Mann, als er beschloß, alles aufzugeben und sich seinem Werk zu widmen. Die heilige Clara war eine schöne Frau, als sie das Keuschheitsgelübde ablegte. Der heilige Raimundus Lullus hatte Umgang mit den großen Geistern seiner Zeit, als er sich in die Wüste zurückzog.

Die spirituelle Suche ist eine Herausforderung. Wer sie benutzt, um seinen Problemen zu entfliehen, wird nicht weit kommen.

Dem, der keine Freunde gewinnen kann, tut es nicht gut, sich aus der Welt zurückzuziehen. Das Armutsgelübde abzulegen führt für den zu nichts, der nicht seinen eigenen Lebensunterhalt erwirtschaften kann. Es macht für einen feigen Menschen keinen Sinn, demütig zu sein.

Etwas besitzen und es aufgeben ist eines. Etwas anderes ist es, etwas nicht zu haben und den zu verdammen, der es besitzt.

Es ist für einen impotenten Mann einfach, die

absolute Keuschheit zu predigen, doch welchen Wert hat das?

Der Meister sagt:

»Lobe das Werk Gottes. Wachse über dich selbst hinaus, während du dich der Welt stellst.«

Angst

Ein Patient sagte zu seinem Arzt: »Angst beherrscht mein Leben, und die Angst hat mir alle Freude genommen.«

»Hier in meiner Praxis lebt eine Maus, die an meinen Büchern knabbert«, entgegnete der Arzt. »Mach ich zuviel Aufhebens von der Maus, wird sie sich vor mir verstecken, und ich werde nichts anderes mehr tun, als sie zu jagen.

Statt dessen habe ich meine wertvollsten Bücher an einen sicheren Platz gestellt und erlaube ihr, an den anderen zu knabbern.

So bleibt sie eine einfache Maus und wird nicht zu einem Monster. Richten Sie Ihre Angst auf einige wenige Dinge, dann bleibt Ihnen Mut für das, was wichtig ist.«

Eva und die Eifersucht

Eva ging durch den Garten Eden, als sich ihr die Schlange näherte.

»Iß diesen Apfel«, sagte sie.

Eva lehnte ab, wie Gott ihr geheißen.

»Iß diesen Apfel«, beharrte die Schlange. »Denn du mußt schöner werden als dein Mann.«

»Das brauche ich nicht«, sagte Eva. »Er hat niemanden außer mir.«

Die Schlange lachte. »Von wegen!«

Und da ihr Eva nicht glaubte, führte sie sie auf einen Hügel zu einem Brunnen.

»Sie ist dort in dieser Höhle. Adam hat sie dort versteckt.«

Eva beugte sich über den Brunnen und sah im Wasser ihr Spiegelbild, eine schöne Frau. Da aß sie ohne zu zögern den Apfel, den ihr die Schlange angeboten hatte.

Disziplin

Der Meister sagt:

»Bete jeden Tag. Auch wenn deine Gebete keine Worte haben und um nichts bitten und kaum verständlich sind. Mache es dir zur Gewohnheit zu beten.

Wenn es dir anfangs schwerfällt, beschließe für dich selbst: ›Ich werde diese Woche jeden Tag beten.‹ Und erneuere dieses Versprechen jeweils für die nächsten sieben Tage.

Bedenke, daß du damit nicht nur eine engere Verbindung zur spirituellen Welt herstellst. Es trainiert auch deinen Willen. Durch bestimmte Praktiken entwickeln wir die für den Lebenskampf notwendige Disziplin.

Es bringt nichts, wenn du das Versprechen an einem Tag nicht einhältst und am nächsten Tag zweimal betest. Es bringt auch nichts, wenn du sieben Gebete an einem Tag sprichst und glaubst, deine Aufgabe für den Rest der Woche damit erledigt zu haben.

Bestimmte Dinge müssen im richtigen Maß und im richtigen Rhythmus geschehen.«

Kreuzwege

Der Meister sagt:

»Die Wegkreuzung ist ein heiliger Ort. Hier muß der Pilger eine Entscheidung treffen. Daher schlafen und essen die Götter für gewöhnlich an einer Wegkreuzung.

Wo sich Wege kreuzen, konzentrieren sich zwei große Kräfte – die des Weges, der gewählt wird, und die des Weges, der verworfen wird. Beide werden für einen kurzen Augenblick zu einem Weg.

Der Pilger kann ausruhen, ein wenig schlafen und sogar die Götter befragen. Doch niemand kann für immer dort bleiben: Ist die Wahl einmal getroffen, muß er weitergehen, ohne über den Weg nachzudenken, den er nicht eingeschlagen hat.

Sonst wird die Wegkreuzung zu einem Fluch.«

Im Namen der Wahrheit

Im Namen der Wahrheit hat die Menschheit einige ihrer schlimmsten Verbrechen begangen. Männer und Frauen wurden auf dem Scheiterhaufen verbrannt. Die Kultur ganzer Zivilisationen wurde zerstört. Diejenigen, die die Sünde begingen, Fleisch zu essen, wurden verbannt. Diejenigen, die einen anderen Weg suchten, wurden an den Rand der Gesellschaft gedrängt.

Einer von ihnen wurde im Namen der Wahrheit gekreuzigt. Doch er hinterließ uns, bevor er starb, die Definition der Wahrheit.

Sie gibt uns keine Gewißheiten.

Sie gibt uns keine Größe.

Sie macht uns nicht besser als andere.

Sie hält uns nicht im Kerker der Vorurteile gefangen.

Die Wahrheit macht uns frei.

Erkennt die Wahrheit, und die Wahrheit wird euch frei machen, sagte Er.

Die drei Bananen

Ein Freund des Wanderers beschloß, ein paar Tage in einem Kloster in Nepal zu verbringen. Eines Nachmittags trat er in einen der vielen Tempel des Klosters und sah einen lächelnden Mönch auf dem Altar sitzen.

»Warum lächelst du?« fragte er.

»Weil ich die Bedeutung der Bananen begriffen habe«, sagte der Mönch und öffnete seinen Beutel, aus dem er eine verfaulte Banane zog. »Dies ist ein Leben, das zu Ende gegangen ist, bevor es genutzt wurde – und nun ist es zu spät.«

Dann zog er eine noch grüne Banane aus seinem Beutel. Er zeigte sie dem Mann und steckte sie wieder ein. »Dies ist ein Leben, das noch nicht zu Ende ist und auf den richtigen Augenblick wartet«, sagte er.

Schließlich zog er eine reife Banane aus dem Beutel, schälte sie, teilte sie mit dem Mann und sagte:

»Dies ist der jetzige Augenblick. Lebe ihn furchtlos.«

Das Radrennen

Das Leben ist wie ein großes Radrennen, dessen Ziel darin besteht, seinen Lebensentwurf zu leben.

An der Startlinie sind wir alle beieinander, einträchtig, begeistert. Doch je länger das Rennen währt, desto mehr treten an die Stelle der anfänglichen Freude die wahren Herausforderungen: Erschöpfung, Monotonie, Zweifel an den eigenen Fähigkeiten. Wir stellen fest, daß ein paar Freunde vor der Herausforderung kapituliert haben. Sie sind zwar noch im Rennen, jedoch nur, weil sie nicht auf halbem Weg aufhören können. Viele radeln nur noch neben dem Service-Wagen her, reden miteinander, sind nur noch dabei, weil sie müssen.

Wir lassen sie schließlich hinter uns. Und müssen uns dann der Einsamkeit stellen, den Überraschungen, den tückischen Kurven, den Problemen mit dem Fahrrad.

Am Ende fragen wir uns, ob sich diese ganze Anstrengung überhaupt lohnt.

Es lohnt sich. Nur nicht aufgeben!

Sterben lernen

Der Meister sagt:

»In vielen Zivilisationen war es üblich, die Toten in Fötusstellung zu begraben. Sie wurden in einem anderen Leben wiedergeboren, daher mußten sie in der Stellung begraben werden, in der sie in diese Welt gekommen waren. Für diese Zivilisationen war der Tod nur ein Schritt unter vielen auf dem Weg des Universums.

Ganz allmählich hat die Welt verlernt, den Tod gelassen zu akzeptieren. Doch es ist nicht wichtig, was wir denken oder was wir tun oder woran wir glauben: Jeder von uns wird eines Tages sterben.

Besser ist es, wie die alten Yaqui-Indianer den Tod als Ratgeber zu betrachten. Sie fragen immer: ›Was soll ich jetzt tun, da ich doch so oder so sterben muß?‹«

Vom Umgang mit Fehlern

Ein afrikanischer Medizinmann führt seinen Schüler durch den Wald. Obwohl er schon betagt ist, geht er behende, während sein Schüler ständig stolpert und stürzt. Der Schüler rappelt sich auf, flucht, spuckt auf den tückischen Boden und folgt seinem Meister.

Nach einer langen Wanderung gelangen sie an einen heiligen Ort.

Ohne anzuhalten, macht der Medizinmann auf dem Absatz kehrt und begibt sich auf den Heimweg.

»Ihr habt mich heute nichts gelehrt«, sagt der Schüler, nachdem er wieder gestürzt ist.

»Ich habe dich etwas gelehrt, doch du hast es nicht begriffen«, sagt der Medizinmann. »Ich versuche dir beizubringen, wie mit den Fehlern im Leben umzugehen ist.«

»Und wie soll ich mit ihnen umgehen?«

»Genauso wie du mit deinen Stürzen umgehen solltest«, antwortet der Medizinmann. »Anstatt die

Stelle zu verfluchen, an der du stürzt, solltest du versuchen herauszufinden, was dich zu Fall gebracht hat.«

Die Botin des Lichts oder Vom Selbstvertrauen

Eine junge Frau kommt zum Wanderer. »Ich möchte Ihnen etwas erzählen«, sagt sie. »Ich habe immer geglaubt, die Gabe des Heilens zu besitzen. Doch ich hatte nie den Mut, sie bei jemandem auszuprobieren. Bis eines Tages mein Mann einen starken Schmerz im Bein hatte und niemand da war, der ihm hätte helfen können. Es war mir zwar furchtbar peinlich, aber ich legte meine Hände auf sein Bein und bat den Schmerz zu verschwinden.

Ich tat es, ohne recht daran zu glauben, daß ich ihm würde helfen können, als ich ihn beten hörte: ›Gott, ich bitte Dich, mach, daß meine Frau fähig ist, eine Botin Deines Lichtes und Deiner Stärke zu sein.‹ Meine Hand wurde heiß, und der Schmerz verschwand.

Hinterher fragte ich ihn, warum er so gebetet hatte. Er antwortete, er habe es getan, um mir Vertrauen zu geben. Heute kann ich dank dieser Worte heilen.«

Diogenes, Aristipp und das Linsengericht

Der Philosoph Aristipp genoß seine Macht am Hof von Dionysos, dem Tyrannen von Syrakus. Eines Nachmittags kam er hinzu, als Diogenes ein Linsengericht für sich selbst kochte.

»Wenn du bereit wärst, Dionysos zu huldigen, müßtest du keine Linsen essen«, sagte Aristipp.

»Wenn du Linsen genießen könntest, müßtest du Dionysos nicht huldigen«, entgegnete Diogenes.

Der Meister sagt:

»Es ist wohl wahr, daß jedes Ding seinen Preis hat, doch dieser Preis ist relativ. Wenn wir unsere Träume verfolgen, kann es sein, daß wir den anderen arm und unglücklich erscheinen. Aber was die anderen denken, ist unwichtig: Wichtig ist die Freude in unserem Herzen.«

Der beste Schwertkämpfer

»Wer ist der beste Schwertkämpfer?« fragte ein Krieger seinen Meister.

»Geh hinaus auf das Feld beim Kloster«, sagte der Meister. »Dort steht ein Felsen. Beschimpfe ihn.«

»Warum sollte ich das tun?« fragte der Schüler. »Der Felsen wird nicht antworten.«

»Dann greif ihn mit dem Schwert an«, sagte der Meister.

»Auch das werde ich nicht tun«, entgegnete der Schüler. »Mein Schwert würde zerbrechen. Und griffe ich ihn mit meinen Händen an, würde ich meine Finger verletzen, ohne etwas auszurichten. Ich möchte wissen, wer der beste Schwertkämpfer ist!«

»Der beste Schwertkämpfer ist der, der dem Felsen gleicht«, sagte der Meister. »Ohne die Klinge zu ziehen, gelingt es ihm zu zeigen, daß niemand ihn besiegen kann.«

Gott gibt es zweimal

Der Meister sagt:

»Gott gibt es zweimal. Als den Gott, den unsere Lehrer uns lehrten, und als den, der uns etwas lehrt. Als den Gott, über den die Leute immer reden, und den Gott, der mit uns redet. Als den Gott, den wir zu fürchten lernten, und den, der zu uns von Barmherzigkeit spricht.

Gott gibt es zweimal. Als den Gott in der Höhe und den, der an unserem Alltag teilnimmt. Als den Gott, der unsere Schulden einfordert, und den Gott, der uns unsere Schulden erläßt. Als den Gott, der uns mit den Strafen der Hölle droht, und den Gott, der uns den besseren Weg weist.

Gott gibt es zweimal. Als einen Gott, der uns unter der Last unserer Sünden zusammenbrechen läßt, und denjenigen, der uns mit Seiner Liebe befreit.«

Unser Lebenswerk

Michelangelo wurde einmal gefragt, wie es käme, daß er so wunderbare Werke schaffen könne.

»Es ist ganz einfach«, antwortete er. »Wenn ich einen Marmorblock betrachte, sehe ich die Skulptur darin. Ich muß nur noch das entfernen, was nicht dazugehört.«

Der Meister sagt:

»In jedem von uns steckt ein Werk, das darauf wartet, geschaffen zu werden. Es ist der Mittelpunkt unseres Lebens, und wenn wir uns auch noch so sehr betrügen, so wissen wir doch, wie wichtig es für unser Glücklichsein ist. Meist ist dieses Kunstwerk unter jahrelangen Ängsten, Schuldgefühlen und Unentschlossenheit verschüttet. Doch wenn wir beschließen, alles wegzuräumen, was nicht dazugehört, wenn wir nicht an unseren Fähigkeiten zweifeln, dann können wir die Aufgabe erfüllen, die uns bestimmt wurde. Dies ist die einzig mögliche Art, ehrenhaft zu leben.«

Liebe

Der Meister sagt:

»Wir alle brauchen Liebe. Liebe ist Teil der menschlichen Natur, genauso wie Essen, Trinken und Schlafen. Manchmal sind wir vollkommen allein, betrachten einen wunderbaren Sonnenuntergang und denken: ›Diese Schönheit macht keinen Sinn, weil ich sie mit niemandem teilen kann.‹

In diesen Augenblicken sollten wir fragen: Wie häufig sind wir um Liebe gebeten worden und haben uns einfach abgewandt? Wie oft haben wir Angst gehabt, uns jemandem zu nähern und ihm oder ihr ins Gesicht zu sagen, daß wir verliebt sind?

Hütet euch vor der Einsamkeit. Sie macht genauso süchtig wie die stärkste Droge. Wenn der Sonnenuntergang keinen Sinn für dich zu haben scheint, sei demütig und mache dich auf die Suche nach Liebe. Denn du mußt wissen, daß es bei ihr wie bei anderen spirituellen Segnungen ist: Je mehr zu geben du bereit bist, desto mehr wirst du im Gegenzug empfangen.«

Die drei aztekischen Priester

Ein spanischer Missionar besuchte einst eine Insel und traf dort auf drei aztekische Priester.

»Wie betet ihr?« fragte der Pater.

»Wir haben nur ein einziges Gebet«, antwortete einer der Azteken. »Wir sagen: ›Gott, Du bist drei und wir sind drei. Erbarme Dich unser.‹«

»Ich werde euch ein Gebet lehren, das Gott hören wird«, sagte der Missionar. Und er lehrte sie ein katholisches Gebet. Dann reiste er weiter. Kurz bevor er nach Spanien zurückkehrte, machte er bei dieser Insel wieder halt.

Als sein Schiff sich dem Ufer näherte, kamen die drei Priester ihm auf dem Wasser entgegen.

»Vater, Vater«, rief ihm der eine entgegen. »Bitte lehre uns das Gebet, das Gott erhört, noch einmal. Wir haben die Worte vergessen.«

»Das ist unwichtig«, antwortete der Pater angesichts des Wunders. Und er bat Gott um Vergebung, weil er begriffen hatte, daß Er alle Sprachen spricht.

Wie soll ich handeln?

»Wie kann ich wissen, welche Art zu handeln in meinem Leben die beste ist?« fragte der Schüler den Meister.

Der Meister bat ihn, einen Tisch zu bauen. Als der Tisch fast fertig war und nur noch die Nägel auf der Platte eingeschlagen werden mußten, trat der Meister hinzu.

Der Schüler schlug die Nägel mit drei sicheren Schlägen ein. Ein Nagel machte jedoch Schwierigkeiten, und der Schüler brauchte noch einen Schlag mehr. Der vierte Schlag trieb den Nagel zu tief hinein und beschädigte das Holz.

»Deine Hand hat sich an drei Hammerschläge gewöhnt«, sagte der Meister. »Wenn eine Tätigkeit von der Gewohnheit bestimmt wird, verliert sie ihren Sinn und führt am Ende zu Schaden.

Jede einzelne Handlung ist eine Handlung für sich, und es gibt nur ein Geheimnis: Laß nie Gewohnheit dein Tun beherrschen.«

Wozu leben?

Zu den Festen im spanischen Valencia gehört eine merkwürdige Tradition, die ihren Ursprung in der alten Bruderschaft der Zimmerleute hat. Das ganze Jahr hindurch bauen Handwerker und Künstler riesige Holzskulpturen. In der Woche der Feria stellen sie diese Skulpturen auf dem Hauptplatz der Stadt auf, zur Freude der Passanten. Doch am Tag des heiligen Joseph werden alle Skulpturen – bis auf eine – in einem riesigen Feuer vor Tausenden von Zuschauern verbrannt.

»Wozu die ganze Arbeit?« fragte ein englischer Tourist, als er die Flammen zum Himmel aufsteigen sah.

»Auch du wirst eines Tages enden«, antwortete ein Spanier. »Glaubst du, daß ein Engel, wenn dieser Tag gekommen ist, Gott fragen wird: ›Wozu die ganze Arbeit?‹«

Das Lotterielos

Ein frommer Mann verlor von einem Augenblick auf den anderen seinen ganzen Reichtum. Doch da er wußte, daß Gott ihm immer helfen würde, begann er zu beten:

»Herr, laß mich bitte in der Lotterie gewinnen«, bat er.

Er betete jahraus, jahrein und blieb doch immer arm. Eines Tages starb er und kam, da er ein frommer Mann war, direkt in den Himmel.

Dort angekommen, weigerte er sich hineinzugehen. Er sagte, er habe sein ganzes Leben die Gebote seiner Religion befolgt, und dennoch habe ihn Gott nie in der Lotterie gewinnen lassen. »All Deine Versprechen waren eine Lüge«, sagte der Mann aufgebracht.

»Ich war immer bereit, dir zu helfen«, antwortete Gott. »Ich habe es auch immer versucht, aber du hast nie ein Lotterielos gekauft.«

Der Trinker

Ein Meister hatte Hunderte von Schülern. Alle beteten zur vorgegebenen Zeit – bis auf einen, der ein Trinker war.

Als er im Sterben lag, rief der Meister den Trinker zu sich und gab an ihn sein geheimstes Wissen weiter. Die anderen Schüler waren entsetzt: »Welch eine Schande! Wir haben alles für einen Meister geopfert, der unfähig war, unsere guten Eigenschaften zu erkennen«, sagten sie.

Der Meister sagte: »Ich mußte diese Geheimnisse an einen Mann weitergeben, den ich gut kenne. Diejenigen, die immer tugendhaft zu sein scheinen, verbergen im allgemeinen ihre Eitelkeit, ihren Stolz und ihre Intoleranz. Daher habe ich den einzigen Schüler gewählt, dessen Fehler ich sehen konnte: den Trinker.«

Die Burg der Mittelmäßigkeit

Friedrich Nietzsche sagte einmal: »Es lohnt nicht, die Zeit damit zu verbringen, über alles zu streiten. Irren ist menschlich.«

Der Meister sagt:

»Es gibt Menschen, die beharren darauf, selbst bis in die allerkleinsten Einzelheiten hinein recht zu behalten.

Sie erlauben sich häufig nicht, einen Fehler zu machen.

Dahinter steht aber nur die Angst voranzuschreiten.

Die Angst davor, Fehler zu machen, ist die Tür, die uns den Weg aus der Burg der Mittelmäßigkeit versperrt. Gelingt es uns, die Angst zu überwinden, tun wir damit einen entscheidenden Schritt auf dem Weg in die Freiheit.«

Die drei Orangen

Der Jongleur stellt sich in die Mitte des Platzes, zieht drei Orangen aus der Tasche und wirft sie hoch. Um ihn herum versammeln sich Zuschauer, die die Anmut seiner Bewegungen bewundern.

»Das Leben ist ganz ähnlich«, bemerkt einer zum Wanderer. »Auch wir haben immer in jeder Hand eine Orange, während die dritte sich in der Luft befindet. Sie wurde von erfahrener Hand geschickt in die Luft geworfen, doch dann folgt sie ihrer eigenen Bahn.

Wie der Jongleur werfen wir einen Traum in die Welt, aber wir haben ihn nicht immer unter Kontrolle. In solchen Augenblicken müssen wir fähig sein, ihn Gott anzuvertrauen, und ihn bitten, daß er ihn seine Flugbahn in Würde beenden läßt und daß der Traum dann erfüllt in unsere Hände zurückfällt.«

Die böse Fee

Drei Feen waren zur Taufe eines Prinzen eingeladen. Die erste versprach ihm die Gabe, seine Liebe zu finden. Die zweite versprach ihm soviel Geld, daß er tun konnte, was er wollte. Die dritte versprach ihm Schönheit.

Doch wie in allen Märchen erschien die böse Fee. Sie war zornig darüber, daß sie nicht eingeladen worden war, und sprach einen Fluch:

»Da du bereits alles hast, gebe ich dir noch mehr. Du wirst das Talent zu allem haben, was du tun möchtest.«

Der Prinz wuchs heran, war schön, reich und verliebt. Doch er erfüllte nie seine Mission auf Erden.

Er war ein ausgezeichneter Maler, Bildhauer, Musiker, Mathematiker, doch es gelang ihm nie, eine Aufgabe zu vollenden, weil er immer schnell abgelenkt war und etwas anderes machen wollte.

Der Meister sagt:

»Alle Wege führen zum selben Ort. Doch wähle

deinen eigenen Weg und geh ihn bis zum Ende. Versuche nicht, alle Wege zu beschreiten.«

Der nächste Schritt auf dem spirituellen Weg

Ein junger Mann, der den spirituellen Weg einschlagen wollte, suchte einen Mönch des Kloster Sceta auf.

»Gib ein Jahr lang jedem eine Münze, der dich angreift«, sagte der Mönch.

Zwölf Monate lang zahlte der junge Mann jedem eine Münze, der ihn angriff. Am Ende des Jahres kehrte er zum Mönch zurück und wollte den nächsten Schritt von ihm wissen.

»Geh in die Stadt und kaufe mir etwas zu essen«, antwortete dieser.

Kaum war der junge Mann gegangen, da verkleidete sich der Mönch als Bettler und ging über eine Abkürzung, die er kannte, zum Tor der Stadt. Als der junge Mann sich ihm näherte, begann er ihn zu beschimpfen.

»Großartig!« meinte der junge Mann fröhlich zum falschen Bettler. »Ein ganzes Jahr lang habe ich alle bezahlt, die mich angriffen, und jetzt kann ich mich beleidigen lassen, ohne zu zahlen!«

Als er dies hörte, legte der Mönch seine Verkleidung ab.

»Du bist bereit für den nächsten Schritt, weil du über deine Probleme lachen kannst«, sagte er.

Die blaue Feder

Eine Legende aus der Wüste erzählt die Geschichte eines Mannes, der in eine andere Oase ziehen wollte. Er begann sein Kamel zu beladen. Er belud es mit Teppichen, seinen Küchengerätschaften, seinen Truhen mit Kleidern – und das Tier ließ es zu. Als sie aufbrachen, fiel dem Mann eine schöne blaue Feder ein, die ihm sein Vater geschenkt hatte.

Er holte sie und legte sie auf den Rücken des Kamels. Da brach das Tier zusammen und starb.

»Mein Kamel bricht unter einer Feder zusammen«, mag er gedacht haben.

Manchmal denken wir dasselbe von unserem Nächsten, ohne zu begreifen, daß unser kleiner Scherz vielleicht der Tropfen gewesen ist, der das Faß des Leidens zum Überlaufen brachte.

Gott ist ein Künstler

Der Satz stammt von Pablo Picasso: »Gott ist ein Künstler. Er erfand die Giraffe, den Elefanten und die Ameise. Nie hielt er sich an einen vorgegebenen Stil. Er tat einfach nur, was er wollte.«

Der Meister sagt:

»Angst keimt auf, wenn wir unseren Weg beginnen. Wir fühlen uns verpflichtet, alles richtig zu machen. Doch wer legt die Norm dessen fest, was richtig ist, da wir doch alle nur ein einziges Leben haben? Gott schuf die Giraffe, den Elefanten und die Ameise. Warum müssen wir einer Norm folgen?

Die Norm dient nur dazu, uns zu zeigen, wie die anderen ihre Realität definieren. Häufig bewundern wir, was andere geschaffen haben, und können auch oft deren Fehler vermeiden.

Doch was unser Leben betrifft, so wissen wir allein, wie wir es zu gestalten haben.«

Gottvertrauen

Einige Juden beteten in der Synagoge, als die Stimme eines Kindes erklang: »A, B, C, D.« Sie versuchten, sich auf die Heilige Schrift zu konzentrieren, doch die Kinderstimme wiederholte: »A, B, C, D.« Sie unterbrachen den Gottesdienst, und als sie um sich blickten, sahen sie einen Jungen, der noch immer sein Lied sang.

Der Rabbiner fragte den Jungen: »Warum tust du das?«

»Weil ich die heiligen Verse nicht kann«, sagte der Junge. »Deshalb hoffe ich, indem ich das Alphabet singe, daß Gott die Buchstaben benutzen wird, um die richtigen Worte zu bilden.«

»Ich danke dir für diese Lektion«, sagte der Rabbiner. »Möge auch ich fähig sein, Gott meine Tage auf Seiner Erde genauso anzuvertrauen, wie du Ihm deine Buchstaben anvertraut hast.«

Die großen und die kleinen Wunder

Die Zen-Mönche setzen sich zum Meditieren vor einen Felsen. »Wir warten, daß der Fels ein wenig wächst«, sagen sie.

Der Meister sagt:

»Alles um uns herum verändert sich ständig. Jeden Tag bescheint die Sonne eine neue Welt. Was wir Routine nennen, steckt voller neuer Vorschläge und Möglichkeiten. Doch wir bemerken nicht, daß jeder Tag sich von allen bisherigen unterscheidet.

Heute wartet irgendwo ein Schatz auf dich. Es könnte ein flüchtiges Lächeln sein, es könnte ein großer Sieg sein. Doch nicht darauf kommt es an. Das Leben besteht aus großen und kleinen Wundern. Nichts ist langweilig, weil alles sich ständig verändert. Langeweile ist nicht Teil der Welt, sondern sie entsteht dadurch, wie wir die Welt ansehen.

Der Dichter T. S. Eliot hat sinngemäß geschrieben: Wandere über viele Straßen, kehre heim und sieh alles an, als wär's das erste Mal.«

Bitte beachten Sie
auch die folgenden Seiten

Paulo Coelho im Diogenes Verlag

Der Alchimist

Roman. Aus dem Brasilianischen
von Cordula Swoboda Herzog

Santiago, ein andalusischer Hirte, hat einen wiederkehrenden Traum: Am Fuß der Pyramiden liege ein Schatz für ihn bereit. Soll er das Vertraute für möglichen Reichtum aufgeben? War er nicht zufrieden mit seiner bescheidenen Existenz? Santiago ist mutig genug, seinen Traum nicht einfach beiseite zu wischen. Er wagt sich hinaus und begibt sich auf eine Reise, die ihn nicht nur von den Souks in Tanger über Palmen und Oasen bis nach Ägypten führt, er findet in der Stille der Wüste auch immer mehr zu sich selbst und erkennt, was das Leben für Schätze bereithält, die nicht einmal mit Gold aufzuwiegen sind.

»Ein Märchen mit orientalisch-südländischem Charme, einfach und bezwingend in der Sprache, ein Seelenbalsam in unsicheren Zeiten. Hoffnungsvoller könnte ein Buch nicht sein.« *Focus, München*

Auch als Diogenes Hörbuch erschienen,
gelesen von Christian Brückner

Am Ufer des Rio Piedra saß ich und weinte

Roman. Deutsch von
Maralde Meyer-Minnemann

Sie waren Jugendfreunde, ehe sie sich aus den Augen verloren. Elf Jahre später treffen sie sich in Madrid bei einem Vortrag wieder: sie, eine angehende Richterin, die das Leben gelehrt hat, stark und vernünftig zu sein und sich nicht von Gefühlen mitreißen zu lassen; er, Weltenbummler und sehr undogmatischer Seminarist, der vor seiner Ordination Pilar noch einmal wiedersehen will. Beide verbindet ihr Drang, aus ihrem sicheren Leben auszubrechen und ihre Träume zu wagen.

»Eine Fabel grenzenloser Innerlichkeit, voller Beobachtungen und Reflexionen, Träume und Visionen, mit denen Coelho Mut machen will, auf die eigene innere Stimme zu hören.«
Antje Luz / Südkurier, Konstanz

Auch als Diogenes Hörbuch erschienen,
gelesen von Ursula Illert

Der Fünfte Berg

Roman. Deutsch von
Maralde Meyer-Minnemann

Paulo Coelho erzählt in einfacher, moderner Sprache die Geschichte des Propheten Elia, die wir alle kennen, ›so wie wir sie nicht kennen‹: Sein Roman *Der Fünfte Berg* versetzt uns zurück ins Jahr 870 v. Chr., als Gott Elia befahl, Israel zu verlassen und ins Exil zu gehen. Ausgehend von einer kurzen Bibelstelle erzählt Paulo Coelho die Geschichte des jungen Rebellen und Propheten wider Willen.

»Paulo Coelho gelingt es in diesem Buch, uns ein Stück biblischer Geschichte nahezubringen, ohne uns bekehren zu wollen. Er regt uns an zum Nachdenken, über uns selbst, über die Zeit, in der wir leben, über die Vergangenheit und ihre Bedeutung für die Gegenwart.« *Bernd Graul / Radio Bremen*

Veronika beschließt zu sterben

Roman. Deutsch von
Maralde Meyer-Minnemann

Die Geschichte einer unglücklichen jungen Frau, die sterben will und erst angesichts des Todes entdeckt, wie schön das Leben sein kann, wenn man darum kämpft und etwas riskiert. Ein wunderbares Buch über die Prise ›Verrücktheit‹, die es braucht, um den eigenen Lebenstraum Wirklichkeit werden zu lassen, und eine große Liebeserklärung an das Glück in jedem von uns.

»Mir gefällt Paulo Coelhos Roman *Veronika beschließt zu sterben* am besten. Er hat mich wirklich tief berührt.« *Umberto Eco/Focus, München*

Auch als Diogenes Hörbuch erschienen,
gelesen von Ursula Illert

Der Dämon und Fräulein Prym

Roman. Deutsch von
Maralde Meyer-Minnemann

Ein Ort in den Pyrenäen, gespalten von Habgier, Feigheit und Angst. Ein Mann, der von den Dämonen seiner schmerzvollen Vergangenheit nicht loskommt. Eine junge Frau auf der Suche nach ihrem Glück. Sieben Tage, in denen das Gute und das Böse sich einen erbitterten Kampf liefern und in denen jeder für sich entscheiden muß, ob er bereit ist, für seinen Lebenstraum etwas zu riskieren und sich zu ändern.

»Ein Buch voller kleiner Lebensweisheiten, wunderbar leicht und klar erzählt. Eine Geschichte auch, die von den Mythen vergangener Tage lebt, von übersinnlichen und magischen Kräften. Schön ist dieser Roman zu lesen.«
Silke Arning/Südwestdeutscher Rundfunk, Stuttgart

Auch als Diogenes Hörbuch erschienen,
gelesen von Markus Hoffmann

Elf Minuten

Roman. Deutsch von
Maralde Meyer-Minnemann

Wie berührt man die Seele? Durch Liebe oder durch Lust? Kann man die Seele wie einen Körper berühren und umgekehrt? Ein provozierendes modernes Märchen über die Alchimie der Liebe.

»Wie im *Alchimisten* ist sich Coelho auch in *Elf Minuten* treu geblieben – als Meister der gleichnishaften Erzählung über eine Reise, an deren Ziel die spirituelle Selbstfindung steht.«
Christian Korff / Focus, München

Der Zahir

Roman. Deutsch von
Maralde Meyer-Minnemann

Der Zahir ist die Geschichte einer Suche. Sie handelt von der Beziehung zweier Menschen, die im gleichen Abstand wie Eisenbahnschienen nebeneinanderher leben und einander verlieren. Eine gleichnishafte Erzählung über eine innere und äußere Reise, an deren Ziel jeder sich selbst findet – und vielleicht auch wieder die Liebe.

»Paulo Coelhos Meisterstück. Ein literarisches Großereignis. Die parabelhafte Geschichte führt Coelhos Lebensthemen zu einem (vorläufigen) Höhepunkt: Sinnfindung durch Selbstfindung. Liebe, Verlust, Verfallenheit, Tod. Ein faszinierender Wegweiser durch das Leben und die Liebe.«
Dagmar Kaindl / News, Wien

Auch als Diogenes Hörbuch erschienen,
gelesen von Christian Brückner

Die Hexe von Portobello

Roman. Deutsch von Maralde Meyer-Minnemann

Was macht eine Hexe heute aus? Für Paulo Coelho ist sie eine Grenzgängerin zwischen den Welten, mit seherischen und heilenden Fähigkeiten.
Die Heldin des Romans ist eine rumänische Zigeunerin aus Hermannstadt, die als Kind von libanesischen Christen adoptiert wurde. Jetzt wohnt sie in London

und führt dort das Leben einer modernen, erfolgreichen jungen Frau. Durch das Tanzen entdeckt sie plötzlich übernatürliche Kräfte in sich, die sie zutiefst verstören. Und nicht nur sie. Unerschrocken folgt sie jedoch ihrer Bestimmung und lernt, ihr Potential zu nutzen.

»Es klingt wie Musik, so wie Paulo Coelho schreibt, so schön ist das. Eine Gabe, um die ich ihn beneide.«
Julia Roberts

Auch als Diogenes Hörbuch erschienen,
gelesen von Gert Heidenreich

Brida

Roman. Deutsch von
Maralde Meyer-Minnemann

Dies ist die Geschichte von Brida, einer schönen jungen Irin. Auf der Suche nach ihrer Bestimmung begegnen ihr ein weiser Mann, der ihr beibringt, ihre Ängste zu überwinden, und eine reife Frau, die sie lehrt, die Geheimnisse der Welt zu entdecken und sich darauf einzulassen – mit allen fünf Sinnen. Beide erkennen Bridas besondere Gabe, aber lassen sie ihren eigenen Weg finden. Doch Brida muß sich entscheiden, denn ihre Lehrer stehen für zwei verschiedene Wege. Und auch in der Liebe steht eine Entscheidung an: Soll Brida an ihrem Geliebten, dem hübschen jungen Physiker Lorens, festhalten oder der Anziehung ihres weisen Lehrers nachgeben, der ihre Seele so berührt wie Lorens ihren Körper?

»Offenbar besitzt Coelho das besondere Talent, jeden Menschen anzusprechen. Er ist ein einfühlsamer Lehrer. Dies führte zur erstaunlichen Anziehungskraft von Paulo Coelho ...«
Dana Goodyear / The New Yorker

Auch als Diogenes Hörbuch erschienen,
gelesen von Sven Görtz

Der Sieger bleibt allein

Roman. Deutsch von
Maralde Meyer-Minnemann

In diesem Roman entführt uns Paulo Coelho ans Filmfestival nach Cannes, einen modernen Jahrmarkt der Eitelkeiten, auf dem sich die sogenannte Superklasse tummelt. Wer bei diesem Treffen der Traumfabrikanten aus Mode und Film den roten Teppich betritt, gehört zu denen, die es geschafft haben. Einige stehen sogar ganz oben und fürchten nur eines: diese Stellung wieder zu verlieren. Es geht um nichts Geringeres als Geld, Macht und Berühmtsein – Werte, für die heute die meisten alles zu tun bereit sind. Aber der Preis ist hoch.

Auf diesem Jahrmarkt der Eitelkeiten treffen sich Igor, ein russischer Millionär; der Modezar Hamid aus dem Nahen Osten; die amerikanische Schauspielerin Gabriella, die endlich eine Hauptrolle ergattern will; der ehrgeizige Polizist Savoy, der glaubt, den Mordfall seines Lebens lösen zu können, und Yasmin, die kurz vor dem Durchbruch als Model steht. Wer schafft es, hinter all den vorgegaukelten Träumen seinen eigenen Lebenstraum zu entdecken und zu leben?

»Ein schonungsloses Porträt der Glamourwelt und der oberen Zehntausend … In *Der Sieger bleibt allein* wird nicht nur nach einem gefährlichen Mörder gesucht, sondern nach echten Werten.«
Publisher's Weekly, New York

»Ein apokalyptisches Bild der Film- und Modewelt, in der Glamour und Ehrgeiz alle wahren Werte verdrängt haben.« *L'Hebdo magazine, Lausanne*

Auch als Diogenes Hörbuch erschienen,
gelesen von Sven Görtz

Paulo Coelho im Diogenes Hörbuch

»Paulo Coelho hat den Erfolg nicht gesucht. Seine Bücher schreibt er für sich selbst. Sie sind ein Stück seines eigenen Weges nach Sinnsuche. Und es gelingt ihm, bei seinen Lesern eine Saite klingen zu lassen, die gehört werden will: ihre Ketten zu sprengen und ihren Träumen zu folgen.«
Carl D. Goerdeler / Neue Zürcher Zeitung

»Es klingt wie Musik, wie Paulo Coelho schreibt, so schön ist das. Eine Gabe, um die ich ihn beneide.«
Julia Roberts

Der Alchimist
Roman. Aus dem Brasilianischen von
Cordula Swoboda Herzog
Ungekürzte Lesung
4 CD, gelesen von **Christian Brückner**

Am Ufer des Rio Piedra saß ich und weinte
Roman. Deutsch von
Maralde Meyer-Minnemann
Ungekürzte Lesung
4 CD, gelesen von **Ursula Illert**

Auf dem Jakobsweg
Tagebuch einer Pilgerreise nach Santiago de Compostela
Deutsch von Maralde Meyer-Minnemann
Ungekürzte Lesung
6 CD, gelesen von **Gert Heidenreich**

Veronika beschließt zu sterben
Roman. Deutsch von
Maralde Meyer-Minnemann
Ungekürzte Lesung
5 CD, gelesen von **Ursula Illert**

Handbuch des Kriegers des Lichts
Deutsch von
Maralde Meyer-Minnemann
Ungekürzte Lesung
2 CD, gelesen von **Gert Heidenreich**

Der Dämon und Fräulein Prym
Roman. Deutsch von
Maralde Meyer-Minnemann
Ungekürzte Lesung
5 CD, gelesen von **Markus Hoffmann**

Der Zahir
Roman. Deutsch von
Maralde Meyer-Minnemann
Gekürzte, autorisierte Lesefassung
5 CD, gelesen von **Christian Brückner**

Sei wie ein Fluß, der still die Nacht durchströmt
Geschichten und Gedanken
Deutsch von Maralde Meyer-Minnemann
Ausgewählte Geschichten und Gedanken aus dem Band
Sei wie ein Fluß, der still die Nacht durchströmt
2 CD, gelesen von **Gert Heidenreich**

Die Tränen der Wüste
Geschichten und Gedanken
Deutsch von Maralde Meyer-Minnemann
Ausgewählte Geschichten und Gedanken aus dem Band
Sei wie ein Fluß, der still die Nacht durchströmt
1 CD, gelesen von **Gert Heidenreich**

Die Hexe von Portobello
Roman. Deutsch von
Maralde Meyer-Minnemann
Gekürzte, autorisierte Lesefassung
5 CD, gelesen von **Gert Heidenreich**

Brida
Roman. Deutsch von
Maralde Meyer-Minnemann
Ungekürzte Lesung
5 CD, gelesen von **Sven Görtz**

Der Sieger bleibt allein
Roman. Deutsch von
Maralde Meyer-Minnemann
Gekürzte, autorisierte Lesefassung
6 CD, gelesen von **Sven Görtz**